Liar × Liar

Liar × Liar

講談社文庫

小説

# ライアー×ライアー

有沢ゆう希｜原作　金田一蓮十郎｜脚本　徳永友一

講談社

# 小説 ライアー × ライアー

人は誰でも、自分にそっくりな人間が世界に三人はいるらしい――なんて話を聞いたことがありますか？

そんなのありえない話だと思ってた訳ですよ。あの時までは……――。

# 1

ドンッ！

真っ昼間の渋谷の路上で、一組の男女がぶつかった。

すらりと背の高い男の子と、制服姿の女の子。女の子の方は、勢いあまって路上に倒れこみ、お尻をしたたかに打ちつけてしまった。

「イッタァ……」

女の子は痛みのあまり涙目になりながら顔を上げ、自分がぶつかった男の子の顔を見る。そしてその姿勢のまま、ぎょっとした表情で固まった。

彼女の名前は、高槻湊《たかつきみなと》。

今はちょっと事情があって女子高生の制服を着てはいるけど、こう見えて一応二十歳の女子大生だ。それなのに、何がどうなって渋谷で女子高生の恰好《かっこう》をしてすっ転んでいるかといえば、話は数時間前にさかのぼる。

ピピピピ……。

枕元で、目覚まし時計のアラームが鳴っている。

ベッドの中で気持ちよく眠っていた湊は、布団の中からもぞもぞと腕を伸ばした。

「もうちょっとだけ……」

うめきながらアラームを消し、二度寝する気満々で目を閉じる。

心地の良《い》い布団の中で再び眠りに落ちかける頃、母親の大声が耳に飛び込んできた。

「湊〜！　真樹《まき》ちゃんのバイト手伝うんじゃなかったの!?」

そうだった！　二度寝してる場合じゃないじゃん！

「ヤバっ！」

湊はガバッと飛び起きると、大慌てで身支度を始めた。

部屋の中は、どこもかしこもお城のグッズだらけ。壁にはお城のポスターが貼られ、棚の上にはお城のフィギュア……でも、シンデレラが住んでいそうな西洋風のお城じゃなくて、時代劇に出てくるようなシブい和風のお城だ。

湊の特徴その1、城好き。湊は日本の古いお城が大好きなのだ。最近ハマっているのは、愛知県にある犬山城《いぬやまじょう》。遠いからなかなか行く機会がないけれど、いつか実際に足を運んでみたいと思っている。

飾られているフィギュアを倒さないよう気を付けながら、湊は服を着替えて身支度を済ませた。それから階段を下り、一階の洗面所で髪をセットしていると、ふと鏡に水滴が飛んでいることに気が付いた。顔をしかめてティッシュを手に取り、水滴をごしごしと丁寧に拭き始める。

湊の特徴その2、綺麗《きれい》好き。汚れを見ると掃除せずにはいられない。でも、潔癖性まではいかないと自分では思っている。ちょっと人より汚れに対して神経質なだけだ。

夢中になって鏡を拭いていると、母親のひとみが顔を出した。

「ねえ、行く前に透《とお》起こしてくれない？」

「え〜、なんで私が」

「え〜じゃないの。お姉ちゃんでしょ」

言うだけ言うと、母親はさっさと立ち去って行ってしまう。

残された湊は、ぶすっとした表情で、鏡の中の自分をにらんだ。

「………」

なんで私が、アイツを起こしてやらないとなんないの……。


「お姉ちゃんとか言われても、歳変《とし》わんないし……」

ぶつぶつ言いながら、湊は階段を上がって透の部屋へと向かう。透は一応、湊の弟。だけど血は繋《つな》がってない。中学生になるころに湊の母親と透の父親が再婚して、家族になったのだ。誕生日の違いで一応湊が姉ってことになってるけど、学年は同じ。

「………」

きょうだい仲は全然良くない。そしてそれは透のせいだ。

湊は無言で、透の部屋のドアをにらんだ。『とおるの部屋』と書かれたプレートには、ヤドカリの絵が描かれている。

何なの？　いい年してヤドカリって。

子供のころの絵がそのままになっているだけなのだろうが、そんな些細《ささい》なところまで腹が立ってきてしまう。

そんなやつを起こしてやるのは気が進まないけど……お母さんに言われちゃったし、しょーがないか。

腹立たしさをこらえ、ドアをノックしようと手を上げる。その瞬間、勢いよくドアが開いて湊の顔面にぶつかった。

「イッタァ！」

「ん」

ドアを開けた張本人の透が、どうでもよさそうに痛がる湊を覗《のぞ》きこむ。そして、

「てか、邪魔」

と冷たく言い放った。

「はぁ？　私はあんたを起こしてやろうと思って――」

湊が反論しようとするが、透はガン無視で階段を下りて行ってしまう。

なんなの、あいつ!? ほんっとにムカつく！ ちょっとイケメンだからって、調子にのってんじゃないっつの！

湊はいまいましげに、誰もいなくなった階下をにらみつけた。

透には、イライラさせられてばっかりだ。血の繋がりがあったら少しはかわいいと思えたのかもしれないけど……。


透にムカつきながらも、湊はなんとか支度を終えて、親友の野口《のぐち》真樹の家に向かった。真樹は将来出版社に就職することを希望していて、そのためにファッション雑誌の編集部でアルバイトをしている。今日は、そんな真樹の撮影を手伝うことになっているのだ。

湊は真樹のマンションに着くなり、今朝の透とのいざこざの愚痴をぶちまけたのだが、共感を得るどころか、

「え～かわいいじゃん、義理の弟くん」

と、笑われてしまった。

「どこが!?」

確かに顔がイケメンなのは認めるけど、態度が最悪だ。愛想はないし、ふてぶてしいし……。

それなのに、真樹は「いや、あれはカッコいいの方か」と一人で納得している。

「どっちでもいい。ほんと、あいつのせいで私がどんな目にあってきたか」

「はいはい、わかったわかった」

「中高とあいつのおかげで女子と揉《も》めない日はなかったんだからね！　いつもいつも女子に呼びつけられて……」

こうして話している間にも、中高時代の苦い記憶がよみがえってくる。

真っ先に思い出すのは、中学生の頃——気の強い同級生の女子たちに突然取り囲まれた日のことだ。

「あんたさ、透に近づかないでくれない？」

目を吊《つ》り上《あ》げた女子たちに、湊はそう要求された。彼女たちは、どうやら透のことが好きで、近くにいる湊のことを疎《うと》ましく思っていたようだった。でも、近づくな、と言われても難しい。同じ家に住んでいるのだから。

「いや、でも一応、一緒に住んでるんで……」

湊があたふたと説明すると、同級生たちの目がいよいよ三角になった。

「はぁ？　何その上から発言」

「上からっていうか……好きで一緒に住んでるわけじゃないっていうか……」

「ウザ。謝れよ」

謝る!?　何を？

「え……」

困惑する湊の腕を、一人の女子がぐいっと引っ張った。

「こっち来いよ」

「ちょ、ちょっと……！」

慌てて振り払おうとしても、その女子の力はすごく強くて、湊一人ではどうしようもできなかった。結局そのままひと気のない所に連れていかれ、取り囲まれて休み時間いっぱい罵声を浴びせられる羽目になったのを覚えている。

毎日がこんな調子で、湊は休み時間や放課後になるたびに女子たちに呼び出されていた。それほど透はモテたのだ。

高校生になっても、そのモテっぷりは変わらなかった。それどころか、中学生のころからの経験値ですっかり恋愛慣れした透は、いろんな女の子と同時に付き合うようになっていた。そして、透に遊ばれた女子たちの怒りの矛先は、元凶の透ではなく何故《なぜ》か湊の方へと向いたのだ。

「あんたの弟、どうにかしろよ！」

そんな風に怒鳴られても、湊にはどうしようもない。でも、弟が女の子を傷つけたのは事実だったから、湊は「ごめんなさい……！」と頭を下げた。

「謝って済む問題じゃないし。こっちは何股かけられてたと思ってんのよ⁉」

「何股……ですか？」

おそるおそる聞くと、湊を呼び出した女子生徒は「十股だよ！」とぴしゃりと言った。

「十！」

ヤバすぎる。十って。毎日一人ずつデートしても、一週間じゃ足りない。

「ほ、本当にごめんなさい……！」

湊は一生懸命頭を下げたけど、その女子生徒の怒りはなかなか収まらなかった。

そんな嫌な思い出が、あと何百個かある。

湊がいくら文句を言っても、透の女癖は直らなかった。透が女をとっかえひっかえするたび、湊は女子たちから文句を言われ続ける羽目になったのだ。今でも、思い出しただけで腹が立ってくる。

「あんなに無愛想なのに、次から次へと、まさにやりたい放題。血が繋がってないばかりに女子からは仮想敵国のように扱われて……ほんと最悪！　あいつのせいで彼氏も出来たことないんだから。しかもまさか大学まで一緒になるなんて……」

「はいはい、わかったから」

湊の愚痴を軽く受け流すと、真樹は湊の頭の上に何かをバサッとかぶせた。

「早く、これ着て。行くよ」

「え？」

白を基調にしたロゴ入りのベストに、チェックのスカート――女子高生の制服だ。ギャルっぽい茶髪のウィッグもある。

「何これ？」

「私の高校時代の制服」

「いや、そうじゃなくて。撮影のバイトってこれ着るの!?」

「うん」

湊はあんぐりと口を開けて固まってしまった。確かに、撮影のバイトを手伝うことにはなってたけど……こんなの着るなんて聞いてない！

「雑誌でね、〝今時ＪＫの制服着こなし戦略〟って特集組んでて……」

「無理、無理、無理、無理！」

もう大学生なのに女子高生の恰好なんて、恥ずかしすぎる！

全力で嫌がる湊の肩を、真樹は気楽にぽんと叩《たた》いた。

「全然いけるって。ほら早く」

絶対、無理だってー!!


結局、真樹に押し切られ、湊は制服に着替えさせられて渋谷へと繰り出す羽目になってしまった。

頭にはウィッグをかぶり、顔は真樹がやってくれたギャル系メイク。ぱちぱちのつけまつげにフルーツカラーの派手なリップグロス、明るい髪色のウィッグとそろえて、眉カラーもチェンジした。普段シンプルな恰好をすることが多い湊は、あまりのギャップの大きさに戸惑ってしまう。

何かめっちゃ恥ずかしいけど……でも引き受けた以上は、しっかりやらないと！

真っ昼間の渋谷は、たくさんの人であふれていた。人混みを器用にすり抜けていくスーツ姿のサラリーマンや、首からＩＤホルダーをぶら下げたＯＬたち、そしてスマホをいじりながら歩く女子高生。通り過ぎていくたくさんの顔を見ているうちに、世界にはこんなにたくさんの人がいるのだから、もしかしたら、自分にそっくりな顔をした人が一人くらい見つかるかもしれないという気がしてくる。

そういえば、昔、そんなウワサを聞いたっけ。人は誰でも、自分にそっくりな人間が世界に三人はいるって。ま、そんなの、ありえないか……。

そんなことをぼんやりと考えながら、湊は渋谷の町角で撮影に臨んだ。真樹がシャッターを切るたびに、ポーズを変えて静止する。集中しようと頑張ったけど、やっぱりこんな恰好をしているのは恥ずかしかった。

「ねぇ……？　これぐらいでもういいんじゃない？」

「待って、確認するから」

真樹は真剣な表情で、一眼レフカメラの画面を覗きこんでいる。かと思うと、

「んー、やっぱ小物欲しいかも。ごめん湊、ちょっと待ってて」

そう言い残し、湊を置き去りにして、どこかに走って行ってしまった。

「え？　ちょっと！」

こんな恰好で、一人にしないでよ～！

真樹を追いかけようと慌てて駆け出して、湊はドンッと誰かにぶつかった。

「イッタァ……」

勢いあまって、湊はしりもちをついてしまう。痛みに顔をしかめながらぶつかった相手を見上げて、湊は息をのんだ。

そこに立っていたのは、透だったのだ。

そんなこんなで、今に至るわけなのだが……。

「……何、してんの？」

透は、路上に倒れこんだ湊を見下ろして、ぶっきらぼうに聞いた。冷たい視線がぐさぐさと湊に刺さる。

うぅ、絶対、ドン引きしてるよ……って、そりゃそうか。だって、私、今、ギャル系メイクにウィッグかぶって、女子高生の制服着てるんだよ？

これヤバくない……？　コスプレ趣味のイタい姉だって思われるじゃん……！

「………………」

なんと答えたらいいのか分からず、湊は黙りこんだ。

「………………」

透も黙っているので、二人の間には重苦しい沈黙が流れた。渋谷の喧騒《けんそう》が、やけに遠く感じる。

ううう、どうしよう……！　湊の頭の中はパニック状態だった。どうしたらいい？　こうなったら……――別人のフリをするしかない！

「な、何って？　あんたこそ馴《な》れ馴《な》れしく何なの？」

湊はJKっぽい口調を作って、透をにらみつけた。こうなればヤケだ。

透が、「え？」ときょとんとした表情になる。

「誰？　あんた……」

湊は、精一杯の演技で高飛車に聞いた。こういう話し方には慣れていないので、気を抜くと語尾が震えそうだ。

「…………」

「…………」

しばらくの、沈黙のあと。

「ごめん、人違いみたい……」

透が申し訳なさそうにそう言ったので、湊は思わず「!?」と息をのんでしまった。

まさか、乗り切った……？　我ながら、こんな方法でやり過ごせるとは思わなかったけど……。

しかし、まだ油断はできない。湊が緊張していると、透はしげしげと湊の顔を見つめながら、こうつぶやいた。

「でも……めちゃ知り合いに似てる」

「え！」

ヤバい。再びピンチだ。湊は必死に取り繕《つくろ》った。

「世の中には三人ぐらい自分そっくりな人間がいるって聞くけど、本当にあんだねえ……」

えへへ、と乾いた笑顔を浮かべる。

すると透は、おもむろにスマートフォンを取り出した。

「写真撮っていい？」

「え、写真？」

それはヤバくない……？　でも、断る理由も見つからないし……。

焦る湊に、透が携帯のカメラを向ける。湊はつい反射的にピースをしてしまい、その瞬間に透がカシャッとシャッターを切った。きっと写真には、さぞかし引きつった笑顔を浮かべる湊が写っているはずだ。

何やってんだよ、私……。

ぐったりする湊に、透がさらに追い打ちをかけた。

「携帯番号教えてよ。あとＬＩＮＥも」

「え」

携帯番号……ＬＩＮＥ……まさかこれって、ナンパ!?　私、弟にナンパされてる!?

「気が進まないなら別にいいよ」

絶句する湊を気遣ってか、透が優しく言う。家では見せたことのない穏やかな表情だ。

気が進まないっていうか……いやいやいやいや、教えたらバレるでしょ。あんたの姉だって。

「け、携帯持ってないんだよねぇ。親が厳しくて……」

「そっか……。じゃあ……」

透はカバンの中からペンとメモを取り出すと、さらさらと何かを書いて、湊の方へと差し出した。

「ん？」

「気が向いたら連絡して」

渡されたメモに目を落として、湊はぎょっとしてしまった。

そこに書かれていたのは、透の携帯番号だったのだ。


何やら、変なことになってしまった。

なんとか透を遠ざけ、湊は戻って来た真樹と合流した。何も知らない真樹はのんきに撮影を再開しようとするが、湊の胸中はまったくもってそれどころじゃない。真樹を引っ張って近くのカフェに入ると、湊はさっきの出来事について早口に説明した。

偶然透と出くわして、しかもナンパされてしまい、やり過ごすために咄嗟《とっさ》に別人のフリをした——そんな顛末《てんまつ》を聞かされ、真樹は大ウケだった。

「マジで弟くん騙《だま》されたんだ？」

「笑いごとじゃないから」

「てか、私のメイクテクすごくない？　将来はやっぱ、雑誌編集者じゃなくて、メイクアップアーティストになろうかな……」

「そんなこと言ってる場合じゃないし」

湊が脱力して突っ込むが、真樹は楽しげな表情のまま、湊の方へグッと身を乗り出してきた。

「で、どうすんの？　電話してあげるの？」

「するわけないでしょ」

「だよね」

湊は頭を抱えてしまった。

「あ～、本当最悪。弟にナンパされるなんて……。悪い冗談すぎて親にも言えないよ」

「確かに。ホント女癖悪いんだねぇ、弟くんって。姉に似てようが女なら誰でもいいだなんて……」

確かにその通り。いくら別人だと思っていたとはいえ、姉そっくりの顔の女の子をナンパするなんて、あまりにも見境がなさすぎる。女癖の悪いやつだってことは知ってたけど、まさかここまでとは――。

「なんか、だんだん腹立ってきた……」


その日の夕方。

自宅に戻って夕食を取りながら、湊は気まずくて仕方がなかった。食卓には、家族全員がそろっている。母と、父親の紀行《のりゆき》、そしてもちろん透も。

透の様子は、いたって普通だ。きれいな箸使いで、黙々と料理を口に運んでいる。姉そっくりの女の子をナンパしたことなんて、もうすっかり忘れているのかもしれない。

「…………」

「何？」

じっとりにらみつけていると、視線に気付いたのか透が顔を向けて、薄気味悪そうに顔をしかめた。

「え、いや、何でも……」

湊は慌ててごまかしたが、内心ではカチンときていた。

何よ、私のことナンパしたくせに……その態度。

「ねぇ、今日は真樹ちゃんのバイトの手伝いだったんでしょ？」

母親に話題を振られ、湊はぎくりとしつつ「うん……」と頷《うなず》いた。透の前でバイトの話はあまりしたくないのだが、何も知らない母親は、「どうだった？」と、続けて聞いてくる。

「どうって別に普通だよ……」

「撮影モデルとか言ってたよね？　確か渋谷で――」

「わあっ！」

湊は動揺して、味噌汁《みそしる》を少しこぼしてしまった。

「大丈夫か？　湊？」

父親が心配そうに声をかける。

「あ、ごめん……」

こんな時のために、テーブルの上にはいつも除菌ペーパーが置いてある。こぼした味噌汁はほんの少しだったが、湊は除菌ペーパーを何枚も重ねてごしごしとテーブルを拭いた。

「そんな拭かなくてもいいよ」

父が呆《あき》れたように言い、母も「そうよ」と苦笑いで頷いた。

「ほんと透も大変ね。この潔癖に付き合うの」

「……まぁ、そういう性癖だと思ってるし。仕方ないんじゃない？」

はぁ!?　なにその困ったお姉ちゃんの被害者です的な流れ。つーか、性癖って何よ！

イラつく湊をよそに、透は「ごちそうさま」と食器を手に立ち上がった。そのまま、何事もなかったかのようにリビングを出て行ってしまう。

「…………」

湊は眉間にシワを寄せたまま、さっきまで透が座っていた椅子をにらみつけた。

夕食を終え、自分の部屋に戻って来ても、湊の怒りは収まらなかった。

もーっ！　あいつ、ホンットにムカつく！　お前の性癖の方がよっぽど問題ありでしょ！

「クッソ……」

湊はゴミ箱に捨てた紙を取り出した。昼間、透が渡してきたメモだ。「高槻透」の名前と一緒に、携帯番号が書かれている。

あいつ、私のこと別人だと思って、ナンパしてきたんだよね……。

メモに並んだ数字を目でなぞり、湊はニヤリと唇の端を上げた。

「……予定変更」

つぶやいて、透の部屋の方を見る。

調子乗りまくりのアイツに、ちょーっとだけ、仕返ししてやろうかな。

透は、自分の部屋で一人、スマホの画面を眺めていた。そこに表示されているのは、昼間の渋谷で出会った姉そっくりのあのギャルの写真だ。

「…………」

透はじっと、写真の中のギャルを見つめ続けている。

と、そこへ、突然誰かから電話がかかってきた。

ディスプレイに表示されているのは「公衆電話」の文字。

透は勢いよく電話に出た。

「もしもし……？」


「あ、もしもーし。私だけどぉ」

公衆電話から透へ電話をかけていたのは、湊だった。

「わかる？　知り合いのそっくりさん」

「…………」

ＪＫっぽい口調で話しかけるが、透からの反応はない。

「え？　もう忘れたの？」

心配になって聞くと、透はようやく口を開いた。

「いや、電話くれてマジで嬉《うれ》しい……」

嬉しさの滲《にじ》む声で言われ、湊は逆に驚いてしまった。まるで、ずっと湊からの電話を待っていたかのような声色だ。

「電話くれなかったら……どうしようかと思ってたから……。ありがとう……」

大袈裟《おおげさ》な奴《やつ》だな……。

ただでさえ顔がいいのに、さらにこんな甘い言葉をかけられて、普通の女子ならコロッと落ちてしまうところだろう。でも、湊は騙されたりしない。てか、誰にでも言ってんでしょ。このチャラ男！

「じゃあ、今度遊ぼうよ。渋谷で」

湊が提案すると、透は「うん、いいよ」と即答した。

「金曜なら空いてる」

「オッケー。じゃあ、金曜の夕方五時に渋谷集合で」

「わかった。楽しみにしてる」

「私も。超楽しみー」

上手《うま》くいった！

電話を切るなり、湊はニヤニヤしてしまった。

別人のふりをして透をデートに呼び出し、すっぽかす。これこそが、湊のささやかな仕返しなのだ。いつも女の子をとっかえひっかえしてるんだから、たまには透だってフラれる立場になってみればいい！

金曜五時、来ない相手を渋谷で待ち続ける透の姿を想像して、湊はほくそ笑んだ。

そう――初めはちょっとした〝嘘《うそ》〟のはずだったのだ。

この嘘が、二人の運命を変えることになるだなんて……。

## 2

金曜日、湊は再び真樹の家を訪れた。透とぶつかった時と同じ、ギャル姿に変身させてもらうためだ。メイクをしてもらいながら今日の作戦について話すと、真樹は「なるほどね」と笑った。

「で、ブッチするってわけだ」

「そう。ギャル姿のまま種明かししてドッキリ成功！　ってね」

「性格わりぃー」

真樹はそう言ってけらけらと笑う。

「たまには痛い目みないとさ。人間ダメになるって言うからね」

「湊なりの世直しってわけね」

「今まで散々な思いさせられてきたお返しだよ」

ウィッグをつけ、貸してもらった制服に着替えて、湊は渋谷へと繰り出した。

待ち合わせの時間までは、まだ少しある。

人混みの中を歩きながら、湊はなんだか少し心配になってきてしまった。この間、電話で話した時の透の声は、すごく真剣に湊からの電話を待っていたように聞こえた。今日の待ち合わせがドッキリだったと知れば、もしかしたら深く傷ついてしまうのではないか。

いや、そんなわけないいか！

湊はすぐに思い直した。あの男、いっつも女の子をフって泣かせてばっかりいるんだもん。

「そう……。これは今までのお返し。これぐらいしたって罰当たらないよね……」

むしろ、今まで透が泣かせてきた女の子たちから、感謝されたっていいくらい！

そう自分に言い聞かせながら、待ち合わせ場所へと向かう。すると、透が立っているのが見えた。

「あ！　もう来てる……」

湊はササッと街灯の陰に隠れると、腕時計を確認した。透が帰ろうとしたら、すぐに出て行って種明かしをするのだ。

「さて……。何分待てるかな」

ニヤニヤして、透の様子をうかがう。あっという間に十分が経過したが、透は平然と待ち合わせ場所に立ち続けていた。

「これぐらいはまだ余裕でしょ」

湊は楽しげにつぶやいた。あいつのことだから、どうせあと十分もしたら、待つのに飽きて帰ろうとするに決まってる。

ところが、三十分を過ぎても、透は待ち続けていた。イケメンというだけでなく、背が高くスタイルもいいので、立っているだけでものすごく目立つ。

そんな透を、ほかの女子が黙って見ているはずもなく……。

「すみません、今って暇だったりしますか？」

年上らしい通りすがりの女性に、透が逆ナンされていた。相手はかなりの美人だ。こんな女の人に声かけられたら、約束すっぽかしてついてっちゃうんじゃないの？　と、湊は思ったのだが……。

「無理。今待ち合わせ中」

透はすげなく答えて、追い払ってしまった。

「ん？」

あんな美人についていかないなんて……女好きのくせに、どうしちゃったの？

違和感を覚えつつも、湊は透の様子を見守り続けた。

四十五分が過ぎ、一時間が過ぎる。

しかし、透は健気《けなげ》にも、約束の場所で待ち続けていた。

「あの〜、良かったら一緒に飲み行きませんか？」

また逆ナンされてる……。

しかし、何度声をかけられても結果は同じ。透は相手がどんなに美人でも「無理。今待ち合わせ中」とそっけなく断ってしまうのだ。

「……てか、いつまで待つ気⁉」

湊は思わず、一人で突っ込んでしまった。

なんか、かわいそうになってきた……。結局、一時間も待たせちゃったし、もう十分だよね？

「もう気が済んだし。この辺でサラッとネタバラシを……」

よし、と気合を入れて、透のもとへ走っていく。

「遅れてごめん～！」

透が、はっと湊の方を見た。こんなに待たされて、きっと、かなり怒っているに違いない。

「怒ってるよね……？　あのね、実は私――」

あんたの姉の湊なの、と言いかけた湊を、透は「いいよ」と遮った。

「俺も結構遅れてきたし」

何!?　その優しい嘘！

本当は、かなり早くから待っててくれたのに……！

「行こう」

透が先に立って歩き出す。湊は何も言えなくなってしまい、「あ、うん……」と頷いて大人しくついていった。

透が入って行ったのは、駅から程近いカフェだ。明るくてインテリアの雰囲気もよく、ジュースもすごくおいしい。こんなお店を知っていてさらりと連れて来てくれるのだから、女子にモテるわけだ。

「ほんと、ごめんね……」

一息ついてから湊は改めて詫《わ》びたが、透は「だから本当にいいって」と首を振るばかりだった。全く責められないので、ますます罪悪感が募ってしまう。姉のギャル姿をただのそっくりさんだと簡単に信じたし、意外と他人を疑わない無垢《むく》なところがあるのかもしれない。

どうしよう……ネタバラシのタイミング。ここまで騙されてると言いにくいって！

「携帯とかないと待ち合わせとかって困るよね……」

ごにょごにょと言い訳まじりに言う。

すると透は、「そう思って、これ」と、テーブルの上に携帯電話を置いた。

「え……？　私に!?」

「安心して。携帯代は俺が払うから」

嘘でしょ!?　そこまでしてくれる気なの!?

湊は大慌てで、携帯電話を透の方へ押し返した。

「いやいや、そういうわけには――」

「一緒に遊んでて合わないと思ったら、突っ返してくれて構わないから」

ちょっと待って！　何!?　この展開!?

料金まで払ってもらうのは、さすがにまずい。焦る湊に、透はさらに言った。

「俺と友達になってよ」

「いや……本当に悪いってこんなの」

「名前、聞いてなかったよね？」

「え！　名前!?」

湊はぎくりと身体《からだ》をこわばらせた。

「うん。何て言うの？」

どうしよう……名前、考えてなかった。てか、もう、嘘つくの無理だよね。あきらめて、本当の名前を言っちゃうしかない……!?

「え、えっと……みな……」

視線を泳がせながら湊が口ごもると、透は少し首を傾《かし》げて「野口みな？」と聞いた。

「野口？」

「そこに書いてあるから」

透が湊の持っているバッグを指差す。真樹から借りたバッグだ。ネームには、確かに『野口』と書かれていた。

「あ、うん……。そう、野口みなです……」

真樹ちゃん……。律儀に名前つけてる……。

透は、携帯の番号登録に「野口みな」と打ちこんだ。

「登録した。これでいつでも連絡取れるね」

そう言って、嬉しそうにはにかむ。つられて湊も笑ったが、その笑顔は引きつっていた。

いつでも、って……それはちょっと、マズいんですけど……。


正体を明かすどころか、これでいつでも透と連絡を取れるようになってしまった……。

家で待っていた真樹に、湊が今日の出来事について話すと、真樹は「携帯くれたあ!?」と声を裏返した。

「はい……」

湊は、力なく頷くことしかできない。

「見せなさい」

「こちらでございます……」

もらった携帯電話をおずおずと差し出すと、真樹は大口を開けて笑いだしてしまった。

「超・重っ！」

「だよね……」

「っていうかさ、弟くん完全に惚《ほ》れてるじゃん。野口みなに」

湊は「え」と顔を上げた。

「そんなわけ……」

「何とも思ってない女に携帯渡さないでしょ、フツー」

「だって私、義理とはいえ一応姉だよ？」

「向こうは、全然他人の女子高生って思ってるんでしょ？」

確かにその通り。しかも、そう思わせたのは、ほかならぬ湊自身だ。

「はい……」

湊がうなだれて頷くと、真樹は急に顔を輝かせた。

「ねぇ、私わかっちゃったかも！」

「何が？」

「弟くんってさ、無類のギャル好きなんじゃない⁉」

「⁉」

ギャル好き⁉　あの、いつもテンションの低いあいつが？

困惑する湊の顔を、真樹はじっと覗きこんだ。

「だっておかしくない？　どっちも似た顔なのに湊はダメで、ギャルのみなはＯＫって」

「確かに……」

家では湊に対していっつも塩対応なのに、野口みなには携帯電話まで買ってくれた。同じ顔なのにこんなに扱いが違うのも、ギャル好きだからと考えれば説明がつく。

「全然知らなかったけど、そうなのかも」

「てかさ、これっていい機会なんじゃない？　今まで散々女を食い物にし、多くの女を傷つけ、湊にも迷惑をかけてきたわけでしょ？」

「そうだけど……」

「その女癖を今こそ直すのよ」

「私が……？」

まあ確かに、透の女癖が直ったら嬉しいけど……てか、ぶっちゃけ、女癖さえなければ昔からそんなに悪いやつじゃなかったし。でも、私にそんなことできるの？

自分の方を指さしたまま、きょとんとして固まる湊に、真樹は力強く言った。

「あんたじゃない。野口みなが直すの！」

「私じゃなくて、野口みなが……。って、なんかややこしくない？」

「ややこしくてもいい！　ゴー！　野口みな！」

真樹にテンション高くけしかけられ、湊は思わず「はいっ！」と背筋を伸ばした。私が、野口みなとして、あいつの女癖を直す――。

「……って、どうやって？」

携帯電話をもらってからすぐに、透から野口みなへのデートの誘いが来た。気は進まないが、大学の授業が終わった後に渋谷で待ち合わせることにする。前回の反省を生かして、待ち合わせ場所には少し早めについた湊だが、透はすでに来て、みなを待っていた。

お互い特に行きたい場所もなかったので、近くにあるカラオケボックスへ適当に入った。一応密室なので、何やら緊張してしまう。緊張を和らげようとして、湊はお気に入りのヒットソングを立て続けに熱唱した。

サビの合間で頭をよぎるのは、この間、真樹に言われた言葉だ。

――惚れさせるのよ！　野口みなに！　あっちが好きで好きで堪《たま》らなくなった時に、こっぴどくフって痛い目にあわせてやるの！

こっぴどくフる、なんて、ちょっとかわいそうな気もする。でも、それで女好きが直るなら、アリなのかもしれない。

「ちょっと休憩。てか、さっきから私ばっか歌ってるけどいいの？」

演奏停止ボタンを押しながら、湊は透の方を振り返った。

「いいんだよ。みなの歌聞くの楽しいから」

「そっか……」

「うん」

みなと一緒にいるときの透は、驚くほど優しい。二人でカラオケに来てるのに、ずっとみなに歌わせてくれるし、いつも気遣っていてくれるのがわかる。

真樹が言うように、透は本気でみなのことが好きなのかもしれない。

「……ねー、透って私のことどう思ってるの？」

試しにそう聞いてみると、透は沈黙してしまった。

ん？　黙った……。やっぱ、ただの遊び!?

湊は警戒して、透を見つめた。

透はコーヒーを置くと、モゾモゾと座り直してから、ためらいがちに聞いた。

「……好きだって言ったら、嫌かな……？」

「えっ……」

突然の直球ー！

「い、いやじゃないけど……？」

「じゃあ、付き合おうって言ったら……？」

あ、愛情表現が突然すぎて、ついていけないんですけど!!

「ダメかな……？」

「あ、い、いや、何ていうか……」

ちょ、ちょっと待ってよ。展開早すぎでしょ？　何これ!?

どうしよう。何て言って断ろう。湊はしどろもどろになりながら、言うべき言葉を探した。

「……そ、そう！　透ってすごく遊んでそうだし」

「そんなに遊んでないよ？」

はぁ!?　こっちは全部知ってんだよ！

湊はつんとして、透を冷たくにらみつけた。

「私さ、そういう人ほんと無理だから」

「じゃあ……そういう相手全部切ったら付き合ってくれる？」

「全部切ったらね。てか、何人いるわけ？」

「今何人だろ……」

透は指を折りながら数え始めたが、片手では足りず、すぐにもう片方の指を折り始めた。ざっと思い出せるだけで、十人近くいるということだ。

多すぎでしょ。こりゃ重症だ……。

ハァ〜、と湊は重いため息を吐き出した。こんなにたくさんの女の子と浮気してたやつが、そう簡単に一途《いちず》になれるわけがない。

やっぱり、女癖を直すのは無理っぽいかぁ……。

翌日の夜。

湊がお風呂からあがって洗面所を出ると、玄関の方から「ただいま」と透の声が聞こえてきた。ちょうど帰って来たところらしい。

「おかえり……」

声をかけようとして、湊はぎょっと目を見開いた。

透の左の頬が、真っ赤に腫れていたのだ。

「どうしたの……？　それ」

驚いて聞いたが、透は「別に……」とつぶやいて行ってしまった。

あんなに頬を赤くして、いったい何があったんだろう。

そして、その翌日。

夕方、湊がハンディワイパーで階段の手すりを掃除していると、「ただいま……」と透が帰って来た。

「おか、え、り……」

湊はまたも驚いて、廊下を歩いて来る透の顔をじっと見つめた。今度は右の頬が真っ赤に腫れているのだ。

唖然《あぜん》とする湊の横を通り過ぎ、透は何事もなかったかのように、トントンと階段を上がっていく。力の抜けた湊の手から、ハンディワイパーがポトンと落ちた。

ま、まさか、こいつ……みなのために、今付き合ってる女の子全員、フってるんじゃないよね？

次の日、湊はなんとなく玄関の前をうろうろしながら、透が帰って来るのを待っていた。

「…………」

今日も、誰かに殴られたような顔で帰って来たら、決まりだ。

湊が固唾《かたず》をのんで見守る中、玄関の扉がガチャッと開いた。

「ただいま……」

顔を出した透の鼻には、ティッシュがつめられている。

本気だ!! こいつ、本気で、女の子全員切ろうとしてる!!

「ちょ、ちょょっとあんた待ってよ」

通り過ぎて行こうとする透を、湊は慌てて呼び止めた。

「どうしたの最近? 大丈夫?」

「別に何でもない」

透は、ぶっきらぼうに答えると、さっさと立ち去ってしまった。

「いやいや、何でもなくないでしょ……」

部屋に戻った湊は、頭を抱えてしまった。

「あの遊び人の超絶恋愛モンスターがこんな急に変わるなんて……。え、ちょっと待って？　これってヤバくない？」

思い出すのは、カラオケボックスで透と交わした会話だ。

――じゃあ……そういう相手全部切ったら付き合ってくれる？

――全部切ったらね。

「約束しちゃったじゃん……！　どうすんの!?」

落ち着かず、湊は部屋の中をウロウロと歩き回った。

「ダメだ。一旦落ち着こう……」

カーペットクリーナーをコロコロと転がして、床の埃《ほこり》を取り始める。掃除をしているときが、一番リラックスできるのだ。

あー、安らぐわー……。

すっかり心が落ち着いてきたところへ、突然、着信音が響き渡った。透からもらった、野口みな専用のあの携帯電話だ。

「！　ちょちょちょ、何で音消してないのよ、バカ」

自分に文句を言いながら、携帯に手を伸ばす。しかし、慌てていたせいで、足の小指を棚の角にぶつけてしまった。

「イッタッ……」

涙目になりながらも、湊はなんとか電話に出た。

「も、もしもし……？」

「みな……？　ごめん、寝てた？」

心配そうな透の声が聞こえてくる。電話に出るまでにまごついていたので、寝ていたのではないかと勘違いされたらしい。

「あ、ううん……。どうしたの？」

「明日、会えるかな……？」

「え、あ、うん。別に……大丈夫だけど……？」

「ありがとう……」

嬉しそうに言うと、透は声に力を込めて続けた。

「ちゃんと話したいことあるから」

「話したいことって……？」

「会ってから言う」

湊は思わず、手に持っていた携帯電話をきゅっと握りしめた。

会ってから言いたいことって、それって、やっぱあれだよね……？

翌日、湊は野口みなに変身して、透との待ち合わせ場所に向かった。少し早めに着いたのに、透はやっぱり先に到着していた。唇をきゅっと引き結び、何やら決意に満ちた表情だ。

「ごめん……。待った？」

「ううん。行こう」

さりげなく言うと、透は先に立って歩き始めた。湊はおずおずと後に続き、背の高い後ろ姿をじっと見つめた。

いつになく真剣な顔……後ろ姿からも伝わってくる張り詰めた緊張感……。

やっぱり、告白、する気なのかな。

どうしよう……。何て断ればいいのかな……。

断れなかった。

翌日。大学のカフェテリアで、湊は真樹にデートの結果について報告した。

「え！　付き合っちゃったの!?」

真樹に大声で驚かれ、湊は「はい……」とゲッソリして頷くしかなかった。

「あんた……バカなの!?」

「だよね……」

「ただでさえややこしいのに、さらにややこしくしてどうすんのよ!?」

正論で問い詰められ、湊はぎこちなく肩をすくめた。

「わかってるんだけど……」

「わかってて何で付き合っちゃったわけ？」

「だって……あいつすごい真剣だったから……」

告白をしてくれた時の、透の張り詰めたような表情が頭によみがえる。

昨日――駅で待ち合わせをしてから、透は湊を雰囲気のいいカフェへと連れて行ってくれた。

「俺、関係切ったよ」

テーブルに向かい合って座るなり、透はきっぱりと言った。

「携帯のアドレスもそういう関係の人は全部消去した」

携帯の画面を見せられる。ＬＩＮＥの友達一覧やＳＮＳのフォロワー欄から、女性の名前が綺麗に消えていた。

「これで付き合えるよね」

透がずいっと湊に迫る。

あの透が、女の子の連絡先を全て消去した。それはみなのためだ。

「付き合ってくれるよね？」

強いまなざしをぶつけられ、湊は弱りきってしまった。

うぅ……どうしよう。ここまでしてくれたのに、今さら無理なんて言えない……。

ゴクリと生唾を飲み込んだ拍子に、湊の頭が小さく揺れた。その動きを見て、透がはっと目を見開く。

「今、頷いたよね？」

「え？　あ、いや……」

「やった！　やった。ありがとう、みな！」

透は、湊の手を取ると、きゅっと握りしめた。くしゃっと目を細め、子供のように屈託なく笑う。

「すごく嬉しい」

そう言って笑った透の表情は、家に帰ってからもずっと、湊の頭を離れなかった。

子供みたいに無邪気で、屈託のない笑顔。家で見る透はいつも無表情で、ひょうひょうとしていたから、好きな子の前でこんな風に笑うなんて知らなかった。


「すごい喜んでて……その顔見てたら何も言えなくなっちゃって……」

その時の透の様子を思い出し、たまらない気持ちになりながら、湊はぽつぽつと真樹に打ち明け続けた。

「それに、遊び相手の女に引《ひ》っ叩《ぱた》かれて帰って来てたあいつのこと目の前で見てたし……」

「……昔から押しに弱いっていうか、優しすぎるっていうか。まぁ、そういうのがあんたのいいとこでもあるけどさ」

「…………」

湊は唇を嚙《か》んだ。

真樹はそう言ってくれるけど、自分では、優柔不断なだけだと思う。どうしたらいいのか困っているうちに、ずるずると周りに流されてしまうのだ。そんな自分が、時々本気で嫌になる。

「でも、結果的には弟くんのセフレ減らすっていう目的は果たせたことになるのか……」

「うん……」

「あとは、いつフェードアウトするかだね。うまいこと逃げて自然消滅狙えば？正体がバレる前にさ」

「フェードアウト……」

昨晩の透の笑顔が思い浮かぶ。みなと付き合えることになってあんなに喜んでいたのに、突然連絡が取れなくなったら、きっと透は深く傷つくだろう。

それはちょっとかわいそうかも……。

「このまま嘘つき続けて付き合えるわけないでしょ」

透に同情しかけた湊の心情を見透かしたかのように、真樹がぴしゃりと言った。

「とっとと別れて、まともな普通の恋をしないと」

「そんなのわかってるけど……」

「あ、噂《うわさ》をすれば……」

真樹が食堂の入り口に視線を投げた。見ると、透が一人で立っている。

「あ……」

透も明らかに湊に気付いたようだったが、特に何のリアクションもせず、素通りして行ってしまう。

そっけない透の態度に、真樹は顔をしかめた。

「みなはこんなに好かれてるのに、湊は相変わらず嫌われてるよね……。複雑だわ……」

「一応……、大学では半径十メートル以内に近づくなって言ってあるから……」

透が湊と同じ大学に通うことになったとき、湊が透にそう要求したのだ。透と家族だとバレて女子にキレられるのは、もうコリゴリだった。

だから、いつもは校内で無視されたって何とも思わない。でも、今日はなんだか気になった。

「そもそも、そんな嫌ってるのに何であんたと同じ大学入って来るかな、弟くん」

「たまたま学力が同じだったみたいで……」

と、そこへ、見慣れた顔がぞろぞろと食堂へ入って来た。湊が所属している『日本史研究同好会』の部員たちだ。一人が湊に気付いて、

「あ、高槻さん。今夜よろしくね」

と、にこやかに声をかけた。

「え、今夜って？」

何かあったっけ？　最近、透のことで頭がいっぱいで、スケジュールを確認していなかった。首を傾げる湊に「おいおい」と突っ込みを入れたのは、会長の川西《かわにし》だ。

「忘れちゃ困るよ。東欧《とうおう》大学との交流会じゃないか！」

3

その夜。湊とサークルの仲間たちは、近くの居酒屋に集まった。

座敷《ざしき》席に立った川西が音頭を取る。

「えー、それではこれより我が南青山《みなみあおやま》大学、『日本史研究同好会』と、東欧大学の『歴史文化研究会』との交流会を開催したいと思います。じゃあ、簡単に自己紹介を。端から」

一番端に座っていた湊は、すっくと立ち上がった。大勢の注目が集まって、なんだか気恥ずかしい。

「高槻湊です……。私はおもに日本の城巡りが好きで……」

「あれ？　高槻さんってもしかして、前、宇部《うべ》じゃなかった？」

自己紹介の途中で、明るい声が割って入って来た。髪を茶色に染めて眼鏡をかけた、感じのいい男子だ。

宇部というのは、湊の前の苗字《みょうじ》。母親が再婚したときに、苗字が宇部から高槻に変わったのだ。

「あ、はい。そうですけど……？」

湊が頷くと、眼鏡の男子は自分を指さして「覚えてないかな？」と快活に聞いた。

「え？」

どっかで会った？

眼鏡の男子の顔を、まじまじと見つめる。

あれ……この子、もしかして……。

よみがえってきたのは、小学校時代の記憶だ。塾が同じで、しょっちゅう一緒に帰ってたっけ。確か、名前は——

「烏丸《からすま》くん!?」

「うん、そう。久しぶり」

「えー、本当久しぶりだよ。よく覚えてたね」

思いがけない再会に、自然と声が弾む。

「何？　高槻さんの知り合い？」

近くに座っていたサークル員が、興味津々で聞いた。

「うん。小学校の時、塾が同じでよく一緒に帰ってたの」

湊の説明を聞き、川西が「ほぉ」と頷く。

「まさに竹馬の友というわけだ。よし、じゃあ次！」

「はい！」

湊の隣に座っていたサークル員が立ち上がって自己紹介を始めても、湊は烏丸のことが気になって、気付くとちらちらと視線を送ってしまっていた。烏丸も湊の方を見て、自然と目が合い、微笑《ほほえ》みあう。烏丸の顔には、今でも小学生の頃の面影が残っていた。中学に上がってからは一度も会っていないのに覚えていてくれたなんて、何だかドキドキしてしまう。

そうだった、私、烏丸くんのこと、ちょっとかっこいいって憧れてたんだよね。

こんなところで会えるなんて思わなかったなー……。

飲み会はつつがなく進み、頃合いを見て、烏丸は湊の隣に移動して来てくれた。

二人並んで座り、ふすまに背を預けながら当時の思い出を語り合う。

「ほんと懐かしいなぁ。何年ぶりだろ……」

烏丸がしみじみと言い、湊は指を折りながら年数を数えた。

「小六以来だから、八年ぶり？」

「そっか、もうあれから八年か……ていうか、宇部さんもお城好きだったんだね」

烏丸は、湊のことを昔の苗字で呼ぶ。宇部と呼ばれるのは久しぶりで、なんだかくすぐったかった。子供のころに戻ったみたいだ。

「うん。烏丸くんも好きなの？」

「俺の場合は、木造建築に興味あってね。将来は自分で木造マイホームを造るのが野望だったり……」

「それは凄《すご》い！　造ったら一回でいいから掃除させて」

興奮して身を乗り出した湊の顔を、烏丸は不思議そうに見つめた。

「掃除？」

「私、掃除好きなの。いつかお城の掃除をすることが夢なんだよねぇ。お城の木造のさ、屋根とかの木材がこう、重なって複雑に屋根を支えてるでしょ？　絶対、埃溜《た》まってるってところ。あれを綺麗に掃除してみたいの！」

早口にまくしたててから、烏丸が黙っていることに気付いてはっとした。

「あ、ごめん……。引いちゃった？」

おそるおそる聞くと、烏丸がプッと噴き出す。

「いや。宇部さんって面白いなぁと思って」

「そうかな……？」

湊は熱くなった頬を両手で包み込んだ。

急に一人で語っちゃって、恥ずかしいなぁ。でも、烏丸くんが引いてなくて、ホッとしたかも……。

「塾で隣だった時は学校も違ってたし、緊張して全然喋《しゃべ》れなかったけど……こうやってまた会えて良かったよ」

烏丸がはにかみながら言い、湊は「うん、私も」と頷いた。

飲み会からの帰り道、烏丸は湊を家の前まで送ってくれた。

「今、うちここなんだ」

玄関の門扉の前で足を止めると、烏丸は意外そうに湊の家を見上げた。

「へぇ、今でも案外近くに住んでたんだな」

「ごめんね、家まで送ってもらっちゃって」

「ううん。ちょうど帰り道だから」

居酒屋を出てから家までの道のりは、あっという間だった。それほど、烏丸と話が弾んだのだ。

「今日は本当に楽しかった。それじゃまたね」

「あ、うん、また……」

片手を上げた烏丸に手を振り返し、湊は家の中へ入ろうと門扉に手をかけた。が、すぐに「あ、宇部さん」と呼び止められる。

振り返ると、烏丸は酒に酔った頬をさらに赤くして言った。

「あのさ……、もしよかったら……今度二人で飲みに行かない？」

「え……？」

「あ、いや、歴史の話とか、もっとしたいなと思って……」

烏丸が言い訳のようにつけたす。

「あ、うん。私も……」

湊は落ち着いて答えたが、内心はちょっとだけ動揺していた。二人で、ってことは……一応、デートなのかな？

「良かった……」

烏丸はほっとしたように言い、湊をじっと見つめた。湊も、少しはにかみながら、烏丸と視線を合わせる。二人で飲みに行こうと誘ってもらえたことが、じんわりと嬉しかった。

烏丸くん、いい人だな……。

そう思った次の瞬間、湊と烏丸の間に、ぬっと誰かが入り込んできた。

透だ。

透は湊に気付くと、「あれ、今帰り？」とどうでもよさそうに聞いた。

「そ、そっちこそ今帰り？」

「うん。バイト」

そっけなく答えると、透は家の中へと入って行った。

突然の透の登場に、烏丸は驚いたようだ。

「え、誰、今の……？」

「弟……。うちほら、親が再婚したから」

「そっか。イケメンだね」

同世代の男子から見ても、透はやっぱり恰好いいらしい。

「そうかな……？　あ、じゃあ、おやすみなさい……」

「おやすみ」

烏丸は小さく手を振ると、踵《きびす》を返《かえ》して歩いて行った。その背中を少し見送ってから、湊は家の中に入った。

すると、とっくに家に入ったはずの透が、なぜかまだ玄関に立っている。湊は驚いて、その場につんのめってしまった。

「わ！　びっくりした。何してんの？　早く入ってよ」

「……今の彼氏？」

脈絡もなく、突然聞かれる。

「え、な、何で……？」

「男に興味ないと思ってたから。ただの城オタクだって」

そう言い残すと、透はとんとんと階段を上がって二階へと行ってしまった。

「はぁ？　何それ。ていうか、全然そんなんじゃないし、あんたには関係ないでしょ」

二階へ消えていった透に向かって、湊は早口に言い返した。

烏丸くんと私の関係がどうだろうと、透には関係ない。透が付き合ってるのは「野口みな」であって、私じゃないんだから。

そう自分に言い聞かせるが、言葉とは裏腹に、胸の奥が妙にざわざわしてもいる。

何？　この、浮気現場でも見られたかのような罪悪感……。

湊はリビングに入ると、ぼすっとソファの上に沈みこんだ。なんで透のことで、こんなにぐるぐるしなきゃいけないんだろう。そう思うと今度はだんだん腹が立ってきた。そういえばあいつ、城オタクとか何とか、またムカつくこと言ってたっけ。

　つたく、たまに話しかけてきたと思ったら、あの態度。

はぁー、と大きなため息をつくと、台所で洗い物をしていた母親が顔を出した。

「どうしたの？　ため息ついて」

「ううん。何でもない」

小さく首をふると同時に、手の中の携帯電話が小さく震えた。画面を見ると、烏丸からLINEにメッセージが入っている。

――今日は会えてうれしかった。

シンプルな一文が嬉しくて、湊は頬を緩ませた。

「なに今度は？　気持ち悪い……」

ため息をついたかと思えば急にニヤニヤし始める湊を見て、母親が気味悪そうに顔をしかめた。

続けざま、今度はカバンの中で携帯電話が鳴り始める。こっちは、野口みなが透からもらった携帯電話。着信はもちろん透からだ。

ヤバいヤバい、早く出なきゃ……携帯電話が二つあると、なんか忙しいなぁ。

湊は、慌てて携帯を取り出すと、小声で電話に出た。

「あ、もしもし……？　ごめん、ちょっと待って」

訝《いぶか》しがる母親を後目《しりめ》に、携帯を耳に当てたまま洗面所へと急ぐ。後ろ手にカギを閉めてから、改めて電話に出た。

「ごめん。どうしたの？」

「あ、いや、今度いつ会えるかなと思って」

野口みなに対する透の口調は、相変わらず柔らかかった。さっき玄関に立っていたあの不愛想な男と同一人物だとは、とても思えない。

「あ、そうだね……。いつだろう？」

湊が言葉をにごすと、透は「早く会いたい……」と甘えた声を出した。

「だって、俺たちもう付き合ってるんだし」

「う、うん……。そう、だよね……」

「明日空いてる？」

ぐいぐい話を進められ、湊はつい流されて「え、あ、うん……」と頷いてしまった。

「連れて行きたいとこあるんだ」

「わかった……時間とかまたＬＩＮＥして。じゃあ、おやすみ」

またデートすることになってしまった。これじゃあ本当に、普通に付き合ってるカップルみたいだ。

うーん、どうしよう……。

頭を抱えつつ、カギを開けて洗面所を出ると、母親が廊下に立っていた。湊が出て来るのを待っていたらしい。

「湊……あんたまさか……」

湊の顔を見るなり、母親は声を震わせた。

「え……」

ヤバっ……まさか会話を聞かれてて、弟とデートしてることがバレた!?

焦る湊にぐっと顔を近づけ、母親は真剣な表情で詰め寄った。

「怪しいバイトしてないよね!?」

「してないから！」

透の言う「連れて行きたいとこ」とは、水族館だった。

大きな水槽の中を、たくさんの魚たちが気持ちよさそうに泳ぎまわっている。展示コーナーも充実していて、それぞれの魚の生態が詳しく紹介されていた。

「わぁ、水族館とか子供の時以来だよ」

湊がはしゃいだ声を出すと、透は「俺も」と頷いた。

「てか、透、水族館とか好きだったっけ？」

「ヤドカリが好きなんだ」

そういえば、透の部屋のプレートにはヤドカリの絵が描かれている。

「あ〜、そっか。今思い出した。そういえば、家族みんなでエイとかサメとか見て興奮してるのに一人だけヤドカリ見て……」

いつまでもヤドカリの水槽の前から離れなくって、お父さんもお母さんも困ってたっけ……。

昔の記憶を懐かしく思い出していた湊は、透にジッと見つめられていることに気が付いてはっとした。

ヤバっ。普通に姉として話してた……。

「何でそれ知ってるの……？」

透が不思議そうに湊を見る。

「え……。し、知ってるって？　何が……？」

「昔の俺のこと」

「は……？　やだ、今の……私の話だよ？　私も昔から大のヤドカリ好きでさ」

く、苦しい……。我ながら、苦しい言い訳だ。

けど、これで何とかお願いします！

「……そうなの？」

「！」

いけた……？　まさか、今の言い訳で、信じてくれたの……？

湊はほっと安堵《あんど》しながら「うん……」と頷いた。

「ヤドカリって可愛いよねぇ、巻貝背負ってトコトコ歩く姿とかさ……」

「そうなんだよ」

大きく頷くと、透は滔々《とうとう》と語り始めた。

「でもただ可愛いだけじゃないんだ。貝殻を背負う行動は天敵から身を守る防御手段で、貝殻は住居の役割を持ちながら身も守る、いわば移動式シェルターなんだよ」

「へぇ、そうなんだ……」

珍しく熱くなってる……。そんなに好きだったんだね、ヤドカリ……。

「ヤドカリって成長に合わせて貝殻も換えていくんだ。小さくなった貝殻は残して、別のヤドカリが中古の家を見つけるなんてこともあって」

熱弁をふるう透の表情には見覚えがあった。「推し」について語るときの人間の顔だ。湊が入っている日本史研究同好会のサークル員も、自分の好きな分野について語らせると、こんな風に止まらなくなってしまう。きっと、城について語る湊も、同じ顔をしてるんだろう。

透って、こんな顔するんだ……。普通に純粋でいい奴じゃん……。

一通り館内の見学を終え、外のベンチで一休みすることにした。湊が座っていると、透が「はい」とカップに入ったジュースを差し出してくれる。さりげなく買いに行ってくれたらしい。

「ありがとう……」

二人は並んでストローに口をつけた。

「てかさ……、透って、今まで何人も彼女いたわけじゃん？」

「うん」

「それって、全部遊びだったんでしょ？　どうせ私のことも遊びなんだよね……？」

透は心外そうに湊を見た。

「何、その決めつけ」

「いや、決めつけっていうか、いつもそばで――」

見てたから、と言いそうになって、湊は慌てて口をつぐんだ。

「え？」

「あ、いや、イケメンってみんな……そういうイメージっていうか……」

「今まで、本当に好きな人とは一度も付き合ったことないよ」

きっぱりと言われ、湊は「え!?」と目をむいてしまった。

そうなの？　あんなにたくさん彼女がいたのに？

「みなが初めてなんだ。ちゃんと心から好きだって思えて、付き合えてるの。だから、付き合ってくれて本当に嬉しいよ」

はにかんで言うと、透はくしゃっと笑った。

な、何その笑顔！　思わずキュンってなっちゃったじゃん！

ときめきのあまり心臓の鼓動が早くなり、湊は自分の胸を撫《な》でさすった。悔しいけど、やっぱり透はイケメンだ。何気ない笑顔に、とんでもない破壊力を秘めている。

「行こうか」

透は立ち上がって歩いていく。

ついて行こうとして、湊はふと足を止めた。真樹に言われた言葉を思い出したのだ。

――このまま嘘つき続けて付き合えるわけないでしょ。とっとと別れて、まともな普通の恋をしないと。

そうだよ。こんな関係、もう終わりにしないと。

「ねぇ、透……？」

後ろから、湊はひかえめに声をかけた。

「ん？」

透が、振り返る。

ちゃんと言わなきゃ……。湊は心を決め、きゅっと表情に力を入れた。

「あのさ、私たち――」

その時、急に透にぎゅっと抱きしめられた。勢いあまって、フワッとその場で回ってしまう。

何が起きたのか分からなくて、湊はしばし頭をフリーズさせた。少し遅れて、ようやく自分が透の腕の中にいることに気付き、パニックに陥る。

私、透に抱きしめられてる……いや、私じゃなくて、野口みなが……。

湊が身体をこわばらせていることに気付いたのか、透はすぐに身体を離すと、とろっと微笑んだ。

「俺、今すごい幸せ」

そう言うと、湊の手を引いて「行こう」と歩き始める。

されるがままになりながら、湊の頭の中は混乱しきっていた。

何だこれ？　何だこれ？　何だこれ!?

野口みなから湊に戻り、家に帰ってからも、湊はずっとモヤモヤしたままだった。透に抱きしめられたときのあの感覚が、身体から離れていかない。

こんな時には、掃除だ。

心を落ち着かせるため、湊は風呂掃除を始めた。洗剤できゅっきゅとタイルを磨く。大好きな作業のはずなのに、今日はなかなか集中できなかった。

何なんだろう、これ……。この洗い流せないモヤモヤ。透に嘘をつき続けている罪悪感？　それとも……。

――俺、今すごい幸せ。

そう言って笑った透の笑顔が、頭の中によみがえる。幸せの滲む声。あれが自分じゃない人に向けられているから……？　てかそれって、嫉妬!?

「……ないない」

引きつった表情でつぶやくと、湊はまた、きゅっきゅとタイルを磨き始めた。

「ほんとあんたってバカだよね」

いつものカフェテリアで昼食を取りながら、真樹は湊にしみじみと言った。

「初カレが弟で、しかも別人装って付き合ってるって、日本中、いや世界中探してもあんただけだと思うわ」

「ですよね……」

「理解してんならまだいいけどさ」

真樹の言う通りだ。別人のふりをして弟と付き合うなんて、ありえない。まして相手はあの透だ。意地悪で不愛想で、苦手だと思っていた弟。

「でも……」

「でも？　何？」

真樹が優しく先を促す。

湊はゆっくりと、口を開いた。

「こんなことしなきゃわかんなかったことも結構あったなって……。あいつのこと私、勘違いしてたかも」

「勘違い？」

携帯電話を買ってくれて、水族館にも連れて行ってくれた。ヤドカリについて語っていた横顔は子供みたいに一生懸命で、すごく純粋に見えた。

「実は昔と変わらず純粋でいい奴なのかなって……」

ぽつりと言うと、真樹は呆れたようにため息をついた。

「じゃあいっそ、このまま『野口みな』として生きていく？」

「いやいや、ありえないでしょそれは……」

「そうでしょ。せっかく、烏丸くんって人が現れたってのに」

「烏丸くんは関係ないよ……」

湊が即座に否定すると、真樹の目つきがじとっとなった。

「あ、また嘘ついた」

「え？」

「言ってたでしょ。小学校の時、ずっと好きだった人だって」

「そうだけど……」

烏丸とはまだ再会したばかりだから、彼のことをどう思っているのかは、自分でも分からない。話していて楽しいのは確かだけど……。

「再会できて嬉しかったんじゃないの？」

「そりゃ嬉しかったよ……」

「だったら、早いとこ『みな』は卒業しないとね。これ以上、弟くんがハマる前にさ」

「でも、どうやって別れれば……？」

真樹はニヤリと口の端を上げた。

「え？」

「ちゃんと考えてきてあげたから」

「何？」

怪訝《けげん》そうに首を傾げる湊を、真樹は得意げに見つめ返した。

「合コンよ！」

「は？」

「任せて。私がセッティングして、弟くんを誘うから」

「え？」

話が見えず首を傾げる湊に、真樹がハイテンションで説明する。

「もともと弟くんはギャル好きだったわけでしょ。合コンに大好物のイケイケギャルを呼べば、すぐ浮気するに決まってる。そしたら、フる口実ができるでしょ」

「イケイケギャルって……」

「題して、イケメンホイホイ！」

作戦名はさておき、真樹の作戦は確かにいいアイディアかもしれなかった。透が野口みなに対して一途すぎるせいで、強い態度に出られずズルズルここまで来てしまったのだ。透の方から浮気してくれれば、湊は心置きなく透をフることが出来る。

あれ、でも、私が野口みなになったのって、もとはといえば……。

湊はふと冷静になって聞いた。

「……でも、何か段々おかしくなってきてない？　もともとはチャラいのを直すために『野口みな』になって近づいたのに、またチャラくさせようだなんて……」

「あんたが付き合ったりするから悪いんでしょ！」

びしっと言われ、湊は慌てて謝った。

「はい……、そうでした。ごめんなさい……」

「いい？　浮気現場をしっかり押さえるのよ。今回は高槻湊としてね」

「え？」

今回は、野口みなには変身しないってこと？


合コンには、湊も真樹と一緒に参加することになってしまった。真樹いわく、透の浮気現場を確実に目撃するためには同じテーブルにいた方がいいらしい。湊は気が進まなかったが、確実に透と野口みなを別れさせるためには仕方がなかった。

真樹が決めた合コンの日程は、あいにく日本史研究同好会と東欧大学の歴史文化研究会との交流会の日と重なっていた。毎回楽しみにしているサークル活動だけど、今回ばかりは仕方ない。会長の川西に事情を説明して、欠席させてもらうことになった。

合コンに行く前に部室に少し顔を出すと、狭い室内は二つの大学のサークル員たちで混み合っていた。ただでさえ、古い歴史のポスターや歴史関連の本や雑誌が散乱しているので、余計にごちゃごちゃして見える。

部屋の真ん中では、川西が部員たちに仏像の写真集を見せながら、何やら熱弁をふるっていた。

「この仏像は薬師寺の薬師三尊像だ。どの仏像を見ても同じと思うなよ。仏像を見分けるにはな、印相《いんぞう》、印契《いんげい》などの身体的特徴と、持物《じもつ》、衣服などの特徴に目を凝らす必要がある。如来像、菩薩《ぼさつ》像、明王、天の見分け方だが――」

湊はしばらく部室でくつろいでいたが、やがて合コンの時間になったので、カバンを持って立ち上がった。

「ごめん。それじゃ私行くね」

みんなに見送られながら、部室を後にする。

これから行くのは、透と野口みなを別れさせるための合コンなのだと思うと、罪悪感が募った。

廊下に出ると、ちょうど来たところらしい烏丸と鉢合わせした。

「あれ？　もう帰り？」

「うん……。ちょっと用事ができちゃって」

話していると、部室から川西が出てきた。東欧大学の学生たちと一緒だ。川西はドアごしに二人の会話を聞いていたらしく、

「高槻、合コンに行くんだって」

と、余計なことを烏丸に吹き込んだ。

「合コン？」

眼鏡の向こうで、烏丸の目が丸くなる。

「これから、東洋館のアジアの仏像見学に行って来る。手合わせといてやるからな。彼氏できますようにって」

「いいですよ、そんなこと……」

湊が顔をしかめるが川西は気に留めず、「よし、行こう」と東欧大学の学生たちを引き連れて立ち去って行った。

「何か意外だな……。そういうの行くんだね」

烏丸が、湊の表情をうかがいながら言う。湊は慌てて説明した。

「ただの人数合わせ。モテたためしなんてないし……」

「そんなことないよ。塾のとき、男子たちの間で宇部さん人気だったよ」

え、と湊は口の中でつぶやいた。

「宇部さんは気が付いてないだけだよ。昔からね」

烏丸の気遣いに、ぽっと胸の奥が暖かくなる。

「ありがとう……」

お礼を言うと、烏丸はなんでもないことのように「ううん」と首を振った。本当に、感じのいい人だ。

「それじゃ、行くね」

そう言って湊は歩き出したが、数歩もいかないうちに、背後から烏丸に呼び止められた。

「宇部さん……！」

どうしたんだろう、と振り返る。

烏丸は、照れくさそうに頭を掻《か》きながら、ぎこちなく言った。

「今度飲み行こうって話、今週末とかどうかな？」

「あ、うん。大丈夫だよ」

「良かった。それじゃ、また」

「うん、またね」

頷いて、湊は再び歩き始めた。


真樹の呼んだ「イケイケギャル」たちは、確かに美人ぞろいだった。みんな派手で、ノリも良い。合コンが始まるなり、透は早速ギャルたちに囲まれてしまった。

「透くんってさ、普段何してるの？」

「別に。何も」

「え〜、ヒマだったら私と遊んでよ〜」

「ずるい。私と遊んでよ〜」

両脇からギャルたちに腕を絡められるが、透は相手をするでもなく、無表情のままだ。湊は透から遠い隅の席に座り、腕組みしながら場の様子を観察していた。

あいつ、合コン楽しんでるようには見えないんだけど……。でも、来たくなかったら来ないか、フツー。てことは、楽しんでるのかな？

首を傾げる湊に、真樹がそっと耳打ちした。

「人数足りないから来てってお願いしたのよ。ギャルが来るって言ったら即答だった……」

それを聞いて、湊は「軽っ」とのけぞってしまう。

「何なの？　彼女いるのに……」

「え？　嫉妬？」

真樹に聞かれ、湊は即座に「いや、違うけど……」と否定した。

嫉妬じゃない。そんなわけない。何かモヤモヤしてしまうのは、彼女がいるのに合コンに来るという透の女好きを、姉として心配しているからだ。

シラケる湊をよそに、合コンは盛り上がっていた。透は相変わらずギャルたちに腕を摑《つか》まれたまま「絶対、透くんってモテるでしょ？」「ねぇ、彼女とかいるの？」と質問攻めに遭っている。

「よし、そろそろ仕掛けるか……。みなの携帯貸して」

「あ、うん」

湊は、透からもらった携帯電話を真樹に手渡した。

「さあ、化けの皮を剥いでやる」

真樹は『今何しているの？』と透宛にメッセージを打ち込むと、「行くよ」とほくそ笑んだ。

湊がコクリと頷く。

真樹がメッセージを送信すると、すぐに透の携帯電話が鳴り始めた。

「気付いた……」

透は携帯を取り出し、何やら真剣な面持ちで画面を確認している。

「見てる見てる」

真樹は嬉しそうに言うと、「いい？」と湊に確認した。

「これで既読スルーしたり嘘をついてきたら、第一段階クリアー」

湊は頷き、固唾をのんで透の様子を見守った。

透は携帯電話に何かを入力しているようだ。

「来る……！」

真樹がグッと緊張したその瞬間、透からもらった携帯が鳴った。二人は勢いよく携帯に飛びつき、ＬＩＮＥの画面を開いた。

するとそこには……、

『人数合わせの合コン中。すぐ帰るつもりだよ。

事後報告でごめん』

誠実としか言いようのない文面が表示されていた。

これでは、透を責める理由にならない。

「正直すぎる……」

頭を抱える真樹の隣で、湊はほんの少しだけホッとしていた。透が野口みなに嘘をつかなかったことが、なんだか嬉しい。と同時に、透をだまして合コンに参加しているこことへの罪悪感がチクリと胸を刺した。

「次、どうすれば……?」

ちらりと真樹の方をうかがう。真樹はめげずに、

「こうなったらあれよ……」

と、携帯にメッセージを打ち始めた。

『はぁ？　何それ？　最低！　ムカつく！　今すぐ帰って』

「ちょ、ちょっと！」

それはさすがに言いすぎでしょ！　透、謝ってるのに……。

湊はあわてて止めようとするが、真樹は「行け！」と、メッセージを送信してしまった。

「あぁー……！」

「これでいいのよ。嫉妬深い女大作戦に変更！　これで野口みなは嫌われて終わり……」

そっか。野口みなが嫌われたら、自然と別れることになるもんね。

湊は納得して、透の様子を観察した。いくら透が野口みなのことを好きでも、あんな自分勝手なメッセージを受け取ったら嫌いになるに決まっている。そうしたら、二人は無事に別れて、一件落着だ。

透が再び携帯を見た。無言で画面を見つめている。野口みなからのメッセージを読んでいるのだろう。きっと透は幻滅して、メールを無視したまま楽しい合コンを続けるに違いない——と、真樹も湊も思っていたのだが。

「帰る」

透は突然立ち上がると、そう宣言した。

湊も真樹も「えー！」と声をそろえて驚いてしまう。

「嘘でしょ？　何でもう帰っちゃうの？」

「彼女が待ってるから」

引き留めようとする女子たちにそう言い残すと、透はさっさとお店を出て行ってしまった。

合コンに来ている女子たちは、かなりの美人ぞろいだった。それなのに、野口みなを優先するなんて……。

真樹と湊は、顔を見合わせた。

「手強《てごわ》い……」

「真樹ちゃん……？　つ、次は……？」

慌てる湊に追い打ちをかけるように、みなの携帯が短く鳴った。画面を開くと、透からメッセージが届いている。

『今出たよ。みなはどこにいる？　会いたい』

湊も真樹も、画面を見つめたまま絶句してしまった。

短い文章ながら、みなのことを心から大切に思っていることが伝わってくる。

「一途すぎる……。負けた……」

真樹は脱力して言うと、疲れきった表情で、ぽんと湊に携帯を返した。

「みな、あとは任せた……」

「えー！」

湊は仕方なく、急きょ野口みなの恰好をして透に会いに行った。

もー、なんでこんなことに……。

作戦が裏目にでて、別れるどころかまたも透とデートをすることになってしまった。待ち合わせ場所に行くと、透はすでに立っていてみなが来るのを待っていた。

「お待たせ……」

言い終わらないうちに腕を摑んで引き寄せられる。湊は透の胸の中に倒れこみ、そのままぎゅっと抱きしめられた。

「ちょっ、ちょっと？　何急に？」

「すげえ嬉しかったんだ……。みなが嫉妬してくれて……」

「え……」

「みな……」

ささやくように呼ぶと、透は湊の肩を抱き、顔を近づけてキスしようとした。

「ちょっと待って！」

いくらなんでも、弟とキスはまずいよ……！

湊は慌てて身体を引いた。両腕をクロスして顔をガードしようとするが、咄嗟に動いたので、肘で透の顔を打ってしまう。透は「イタッ」と顔をゆがめた。

「舌かんだ……」

「あ、ごめん……」

謝る湊の顔を、透は不思議そうに覗きこんだ。

「どうしたの？」

「いや、どうしたじゃなくて。公衆の面前でそういうの無理だから」

ていうか、付き合ったばっかりなのにキスとか、早すぎだから！　あと、女の子とキスするのに慣れすぎ！

キスを拒否された透は、ヘコむでもなく「そっか」と頷くと、

「じゃあ、これちょうど良かったかも」

と、湊の手にカギを握らせた。

「ん？　何これ」

「家のカギ」

「……え？」

湊はぱちぱちと目をしばたたいて、手の中のカギと透の顔とを交互に見つめた。

どゆこと？　家のカギって……これ、私たちの家のカギとは違うよね？

混乱する湊に、透がさらりと言う。

「実は俺、一人暮らし始めるんだ」

「ええ!?」

いつの間に、そんな準備してたの!?

「引っ越しはこれからなんだけど、とりあえず合カギをみなに渡しておこうと思って。いつでも遊びに来てよ」

それはつまり……公衆の面前でキスするのが嫌なら、家の中でキスしようってこと？　家の中って……逃げ場がないんです、けど……。

湊のこめかみを、だらだらと冷や汗がつたう。これは……今までで最大のピンチだ。

——高槻湊、二十歳。貞操の危機が来ました。

まさか透が一人暮らしを始めるなんて、予想外すぎた。このままズルズル付き合い続けたら、家に遊びに行くのは避けられない。家の中で迫られたら、きっと逃げきれないだろう。

この問題をどうするか答えが出ないまま、湊は週末を迎えた。今日は、鳥丸と大学近くの居酒屋で一緒に飲む約束だ。

　烏丸が予約してくれたお店は、適度ににぎやかで居心地がよく、湊は悩みをふりきろうとするかのように飲みまくった。

「ハイペースだね……。大丈夫？」

　三杯目のハイボールをあっという間に飲み干してしまった湊に、烏丸は苦笑いした。

「全然平気。今日は私飲むから」

　湊がきっぱり言うと、烏丸は心配そうな顔になった。

「……何か嫌なことでもあったの？」

「人生色々だからね」

「……何かわかんないけど、付き合うよ」

　店員が、湊のところに四杯目のハイボールを持ってくる。そのグラスを指さして、烏丸は「すみません、同じのください」と注文を入れた。眼鏡の奥の目が赤くうるんでいるので、お酒が強いわけではないのだろう。でも、今日は、湊に合わせてくれるらしい。

店員がカラになったグラスを片付けると、湊はさりげなくおしぼりを手に取って、テーブルに残った水滴の跡をさっと拭き取った。

「宇部さんって、本当に綺麗好きだよね」

「え？」

「さっきから、よくテーブルの上拭いてる気がする」

「あ……ごめん」

湊は気まずげに、持っていたおしぼりをテーブルの上に戻した。

「実は潔癖気味で……」

「前からそうだっけ？　塾で一緒の時は、そんな雰囲気感じなかったけど……」

「そうだね。小学生の時はそんなでもなかったんだけど」

小さいころから綺麗好きではあったけど、テーブルの上が少しくらい濡れていたって全然気にならなかった。少なくとも、潔癖といえるほどではなかったはずだ。

「じゃあ、何かきっかけがあったとか？」

烏丸に聞かれ、湊はふっと黙り込んだ。

きっかけか……。

思い出すのは、中学生の頃の記憶。暑い夏の日で、湊はまだ十四歳だった。


その日、湊は部活を終えて汗だくで自宅に帰って来た。

「あっつ……」

手であおぎながら玄関の扉を押すと、カギが開いていた。どうやら透が先に帰っているらしい。

「ただいまー」

声をかけながら家の中に入る。すると、三和土《たたき》に女物の靴が置いてあった。

「ん？　誰？」

お客さんでも来てるのかな？

二階を見上げると、ちょうど透の部屋のドアが開いて、中から誰かが出てきた。

「え……」

出てきたのは、深田《ふかだ》先輩だった。湊と同じ中学に通う一つ上の先輩。美人だけど素行が悪いことで有名で、あまり学校にも来ていないらしい。

トントンと階段を下りてきた深田先輩は、湊に気付くと、

「あ、妹さん？」

と首を傾げた。

「いえ、一応、姉になります……」

「ふ〜ん、そうなんだ。お邪魔しました〜」

深田先輩は、何がおかしいのかくすくす笑いながら、家から出て行った。

なんで深田先輩が、ウチに……？　透の友達……？

不良で有名な先輩が自分の家に出入りしてるなんて、あまり気分の良い話ではない。湊は首をひねりながら、階段を上がった。

「透……？」

開きっぱなしのドアの陰から部屋の中を覗きこみ、湊はぎくりと固まった。

透がベッドの上に座り込んでいる。それも、上半身裸で。ぐったりと壁に背中を預けていて、なんだか疲れきっているみたいだ。部屋の中には変なにおいがして、さすがに何があったのか、なんとなくわかった。

楽しげだった深田先輩の顔が思い浮かぶ。

汚い……。

そう漠然と思った。


あの辺からかも。私が潔癖になったの……。

透の女関係の始まりでもあるし……。

「どうしたの？　大丈夫？」

昔を思い出して黙りこくっていた湊は、烏丸に顔を覗きこまれてハッと我に返った。

「あ、うん。大丈夫大丈夫。あんまりいいきっかけじゃなかったな〜と思ってさ」

「……そっか。変なこと聞いてごめん。無理に話さなくていいよ」

湊が無言で頷くと、烏丸はさらに続けた。

「けど、もし何か悩みごととかあるなら相談乗るよ？」

「ありがとう……」

烏丸くんに、心配かけてるかな。なんだか申し訳ないなぁ……。

罪悪感を感じる湊に、烏丸はニコッと笑いかけた。

「いつでもどうぞ」

何、この爽やか優しい男子さん……!!

湊は烏丸の優しさに感動した。重たかった気持ちが、風に吹かれたように消え失《う》せていく。

烏丸は、グラスを持ち上げると、湊を元気づけるように明るく言った。

「さ、飲もう」

「うん」

なんて優しい人なんだろう。やっぱり素敵だなぁ、烏丸くんって……。

湊はぐびぐび飲んで心地よく酔っ払って、楽しい気持ちで飲み会を終えることが出来た。烏丸は、今日も家の前まで送ってくれるという。街灯に照らされた夜の道を並んでのんびりと歩きながら、湊は完全にリラックスしていた。烏丸の隣は、とても居心地がいい。

今日の飲み会も向こうから誘ってくれたし、烏丸くんって、ほんっとイイ人だなぁ。

「送ってくれてありがとう」

家の前まで来て足を止め、湊はそうお礼を言った。

「うん……」

「じゃあ、またね」

「あ、うん。また……」

烏丸の返事は、歯切れが悪い。トイレでも我慢しているのだろうか？　湊は気を利かせて立ち話を切り上げ、「おやすみ～」と家の中に入ろうとした。

「あー……！」

烏丸が、何か言いたそうに声をあげる。

「ん？　どうしたの？」

「あの……」

烏丸は口を勢いよく開けたが、すぐに閉じて、ふいっと視線を逸《そ》らしてしまった。何やら言いづらいことがあるらしい。

「何か相談ごと？」

「えっ。……いや、その……そういうのじゃなくて……」

なんだろう。

湊が黙って待っていると、烏丸は緊張した面持ちで切り出した。

「う、宇部さんって……彼氏いる？」

「え？　何で？」

「どうなのかなと思って……」

「あ、いや、私はいないっていうか……」

野口みなは一応、透と付き合ってる。でもあれは「湊」ではないから、嘘はついてないはずだ。

「ほら、前にも言ったけど、〝素〟の私ってモテたためしがないし……」

「……俺も、前に言ったけど……宇部さんは気付いてないだけだよ」

「え？」

「俺、宇部さんが好きだ」

へ……。

一瞬何を言われたのか分からず、湊は間の抜けた表情のままフリーズしてしまった。

烏丸くんが……私のことを好き……？

「良かったら付き合ってほしい」

「え、えええっ！」

ようやく事態を飲み込み、湊は目を白黒させて叫んだ。

嘘でしょ!?　烏丸くんが私に告白!?　なんで!?

「そんなに驚かなくても……」

「だ、だって……」

「俺……宇部さんと再会できて本当に嬉しかったんだ。塾で一緒の時もちょっと気になる女の子だったけど、久しぶりに会っていろいろ話してたら、ちょっとどころじゃなくなってた……」

烏丸は一言一言嚙みしめるように言うと、うつむいた。

「……返事は今じゃなくてもいいから……。考えてみてほしい」

湊の心臓は、驚きと緊張でドキドキと高鳴っていた。

嘘みたいだ。まさか私が、烏丸くんみたいに素敵な人から告白されるなんて

……！

その夜、早速、烏丸に告白されたことを真樹に報告した。透のことといい、恋愛で何かあると、すぐに真樹に助けを求めてしまう。

湊の報告を聞いた真樹の第一声は、

『何であんた、急にモテてんのよ？』

だった。これまでろくに彼氏もいたことがないのに、いきなり立て続けに男子から好意を寄せられているのだから、真樹が驚くのも当然だろう。まあ、透にモテてるのは、野口みなだけど……。

「自分でも本当に驚いてる……人生初めてのことで」

『どうする気？』

「どうすればいいと思う……？」

電話の向こうで、真樹がふぅとため息をついた。

『ほんと、あんたって人は。どこに出しても恥ずかしくないほどのアホだな』

返す言葉もない。

無言で反省する湊に、電話口の真樹が『いい？』と問いかける。

『弟くんとは早く別れるの。そんで、烏丸くんと付き合う。それでいいんだって』

透と別れる……。

そうだ。それしかないことは、頭の中ではわかっている。だけどなかなか踏ん切りがつかないのは、透が一途すぎるせいだ。

『何をそんな迷うことあるわけ？』

真樹に畳みかけられても、湊は無言のまま、答えられなかった。

会いたいと連絡をくれた透の、嬉しそうに笑う顔が脳裏に浮かぶ。あんなふうに屈託なく笑うなんて知らなかった。あの笑顔を裏切るなんて、どうしても気が進まない。

『まさかと思うけど……。あんた、本気になってきてないよね？　弟くんのこと』

「いや……そんなことは」

そんなことはない、ときっぱり否定したいのに、つい言葉を濁してしまう。

『透が好きなのはギャルの「みな」。烏丸くんが好きなのは「湊」。どっちが自分のためになるか、考えればすぐ答え出るでしょ』

「透と別れなきゃいけないってのはわかってるんだけど……。また一つ問題が起きてて」

『問題って？』

「透、引っ越すんだって……」

湊が言うと、真樹は『はぁ？』と語尾を上げた。

「『みな』のために……」


何もできないまま、湊はあっという間に透の引っ越しの日を迎えた。透の親友の桂孝昭《かつらたかあき》も手伝いに来て、朝から家中で慌ただしい物音がしている。

何となく透と顔を合わせたくなくて、湊はずっと部屋の中に引きこもっていた。ちらりと窓の外を覗けば、家の前に停《と》まった軽トラックに透と桂が協力して荷物を運び入れているのが見える。

透が一人暮らしまで始めたら……いよいよ、退路断たれちゃうよね……。

作業が終わるころ、湊はとぼとぼと見送りに出た。

透は家の中にいるのか姿が見えず、桂が一人で軽トラックの積み荷を確認している。家が近所なので、湊も桂のことは昔から知っている。

「よし。完了」

荷台のあおりをバンと閉めると、桂は汗を拭きながら湊に向かって言った。

「いや、でもマジで驚いたわ。あいつが好きな子と一緒にいたいからって、バイトして金貯《た》めてたなんてさ」

「私も驚いた……」

湊と顔を見合わせて軽く笑うと、桂は真顔になって言った。

「今回は正真正銘、マジの恋みたい」

「え？」

「親友のこの俺にすら彼女に会わせてくれないんだぞ？　他の男に会わせたくないって」

「そうなんだ……」

「一体どんないい女なんだろなぁ……」

うっ……。湊は内心でうめいた。罪悪感がチクチクと胸を刺す。

私でごめんなさい……。

「でもまあ、安心したよ。あいついろんな女と付き合ってきたけど、結局、誰のことも好きになれないでかわいそうだったからさ」

「え？」

透についてもっと詳しく聞きたかったが、透が両親と一緒に外に出て来てしまった。透は、湊と桂が一緒にいるのを見ると、あからさまに顔をしかめた。

「余計なこと言うなよ」

桂にそう釘《くぎ》を刺すと、湊の顔に視線を移して、呆れたようにつぶやく。

「いっつもすっぴんだな……」

は!?　すっぴんじゃないし!!

「日焼け止めは塗ってます」

湊がすかさず言い返すと、透は冷たく目を細めた。

「もっと化粧とか、髪とか気使ったほうがいいんじゃない？」

「うるさい。あんたがギャル好きってだけでしょ」

「は？」

「ほら、すぐ喧嘩《けんか》しないの。全くあんたたちは」

母親が慣れた調子で仲裁に入る。父親が、透の肩をぽんと叩いた。

「透。しっかり頑張れよ」

「たまにはこっちにも顔出しなさいよ」

両親の顔を順番に見つめ、透は「わかってる」と答えた。

「おい、行くぞ」

運転席へと乗り込んだ桂が、窓から顔を出して透に声をかける。

「おう」

透は軽く頷くと、「じゃ」と両親に別れを告げ、助手席に乗り込んだ。軽トラックは、エンジン音をたてながら、透の新居へと走り去って行く。

透、本当に出て行っちゃったよ……。

「寂しくなるわねぇ」

母親に言われ、湊は自然に「うん……」と口に出していた。

確かに寂しい……。

でも、透が引っ越した理由って……私、なんだよねえ。

翌日、みなの携帯には早速、透からＬＩＮＥが届いていた。

『引っ越し完了！　いつでも遊びに来て』

添えられた住所を、湊は複雑な気持ちで見つめた。

透がいろいろしてくれるのは、みなのためなんだよね……。

今までも全部そう……。全部みなのために……。

いつでも連絡取れるようにって携帯くれたのも、遊び相手の女たちと関係切ったのも、引っ越したのも……。

胸の中に、透との思い出が次々とよみがえる。わざわざ携帯電話を買って手渡してくれた透の姿。女の子に引っ叩かれ、頬を真っ赤にして帰って来たこと。キスを拒否したらすぐにやめてくれて、それから、家のカギをくれた。

「最低だよ、私。そんな透の心を弄《もてあそ》ぶような真似《まね》して……」

自分を責めながら、湊はもう一度、メッセージの文面に目を通した。

いい加減、終わりにしなきゃダメなんだと、強く実感する。

もう終わりにしてあげないと、透がかわいそうだよ……。


今日こそ、透と別れなきゃ――。

真樹にメイクをしてもらいながら、湊は自分に気合を入れていた。今日このあと、透の家を訪ねて、別れ話をするつもりなのだ。

もう、流されてちゃだめ。ちゃんと、自分の口で伝えて、終わらせなきゃ……！

「やっと別れる気になったか」

真樹に言われ、湊はこくりと頷いた。

「みなとして、別れ話をして来る」

「で、何て言うの？」

「他に好きな人が出来た……とか」

いい口実だと思ったのに、真樹は「甘い！」と一喝した。

「え」

「向こうはここまでハマってるんだよ？　そんなことぐらいであきらめると思う？

『どこの誰？　会わせてよ』って言われたらどうすんの？」

　確かにそれは困る。詰め寄られて、しどろもどろになる自分の姿が目に浮かぶようだ。

「……じゃあ、引っ越しするとかは？」

　湊は苦し紛れに提案した。

「なるほど。遠距離恋愛からの自然消滅狙いね……」

「どう……？」

「場所による。みなちゃんはどこに引っ越すの？」

　湊は、頭の中に日本地図を思い浮かべた。簡単には会えないくらい、東京からすっごく遠い場所じゃなきゃダメだよね……。

「北海道……とか」

「甘い！」

「え」

　またも、真樹にダメ出しされてしまう。

「弟くんは、現代っ子らしからぬバイタリティの持ち主よ。今までの行動からして、北海道ぐらいじゃついて来るって言うに決まってる」

「じゃあ……」

「もっともっと遠くよ。追いかけられないぐらい遠くに引っ越さなきゃダメ！」

「もっと遠くに……」

湊の頭に浮かぶ地図が、世界地図へと変わる。北海道より遠く……って、それもう、外国だよね？　透のことだし、中国とか韓国とか近い国じゃあ追いかけてきそう……。

「さあ、頑張って別れてきなさい」

気付くと、メイクが終わっていた。真樹が見せてくれた鏡の中で、ギャル系メイクの野口みなが浮かない顔をしている。

「……はい」

湊は、きゅっと表情を引き締めて、頷いた。

「ここだ……」

地図アプリを片手にたどり着いた透の家は、住宅街の一角にあるアパートだった。

いよいよ、別れ話をする時が来た。

これを最後の嘘にするんだ……。

ごくりと生唾を飲み込み、チャイムを鳴らす。インターフォンごしに「はい」と応対する透の声が聞こえてきた。

緊張して待っていると、透ではなく桂が顔を覗かせた。どうやら、ちょうど遊びに来ていたらしい。

「……え？　あれ？　ええ？　あねさん!?」

野口みなの顔を見るなり、桂は混乱してうろたえた。「あねさん」というのは、湊に対する桂の呼び方だ。

「あ、いや、私は……」

湊が慌てて説明しようとすると、遅れて出てきた透が口を挟んだ。

「俺の彼女。野口みな」

「あ、そうなんだ……。びっくりした。知ってる人に――」

そっくり、と言いかけた桂を、透は早口に遮った。

「わりぃ。今日はもう帰って」

「あ、うん……」

桂は軽く頷くと、湊の方に笑いかけた。

「じゃあ、みなちゃんまた」

「はい……」

透の態度はあきらかに、野口みなから桂を遠ざけようとしている。桂が言っていたように他の男に会わせるのが嫌なのか、あるいは、野口みなが姉にそっくりなのを少しは気にしているのだろうか？

お邪魔します、と挨拶をして、湊は透の部屋に上がった。

室内には、まだ未開封の段ボール箱があちこちに置かれている。

「来るなら来るって言ってくれたら良かったのに」

「うん……」

「突然来てくれるのも大歓迎だけど」

優しく言いながら、透は湊の方へ腕を伸ばした。そのまま抱きすくめられそうになり、湊はすっと身体を引いて透の腕をよけた。

「ごめん……。今日はね……大事な話があって」

「大事な話って？」

「ん……えっと、言いにくいんだけど……」

嘘を重ねるのが後ろめたくて、湊は視線を逸らしながら続けた。

「実は……急に親の転勤が決まってさ……。家族で引っ越すことになったんだ
……」

「……どこに？」

「それは……」

湊は、喉に力を入れた。言わなきゃ。北海道よりも遠い、透が絶対に追って来られないところ。

「エ……エクアドル……」

「……南米の？」

「南米の」

ちらりと透の方を見る。地球の裏側の国名を挙げられて、透は呆然《ぼうぜん》としているよ

うだ。

　さすがに黙ったか……。

　湊は、罪悪感にさいなまれながら、ぼそぼそと続けた。

「こっちに残るのはお父さんが許してくれなくて……。私もエクアドルに行くんだよね……。だから……私と……別れてほしいの……」

　さすがの透も、別れようって言うかな。いや、でも、透ならきっと……。

「……戻って来るまで俺待つよ」

　やっぱり食い下がってきた！　でも、ここで引くわけには……。

「戻れるかわからないし、遠距離とか……私が無理で。お願い、透。別れて……」

　湊は一生懸命に訴えた。

「ごめん。もうどうしようもないの……」

　ううう、胸の痛みが半端ない……。本当に申し訳ない気持ちでいっぱいだ……。

　二人の間に、重たい空気が流れる。

　透は何も言わない。相変わらず無表情なので、今何を考えているのかも、よくわからない。

すごい沈黙……。どう出るんだろう……透……。

次の言葉をじっと待っていると、透の目からぽろりと涙がこぼれた。

「と、透!?」

「……別れたくない」

透がぽつりとつぶやく。

「ごめん……本当にごめん……」

悲しそうな透の顔を見たくなくて、湊は必死に謝った。

透は湊をきつく抱きしめ、かすれた声で絞り出すように言った。

「俺、みなが好きだ……」

「透……ごめんね……」

はらはらと泣く透を、湊はきゅっと抱きしめ返した。のどがふさがれてしまったように、言葉が出てこなくて、ただ抱きしめることしかできない。

嘘なんかつかなきゃ良かった……。本当にごめんなさい。こんな顔させるつもりなかったのに……全部、私のせいだ。

「私も、透が好きだよ……」

気付いたら、そんな言葉が口をついて出ていた。

その途端、透は驚いたように身体を離し、まじまじと湊を見つめた。

「え？　なに？」

「初めて俺のこと好きだって言った……！」

「あ、え……？　そ、そうかな？」

「そうだよ」

こんな些細なことで、透は泣きながら喜んでいる。

「てゆうか、そもそも好きじゃなきゃ付き合わないでしょ」

湊があきれて言う。透は頬を涙で濡らしたまま、もう一度湊を抱きしめた。

「気持ちが聞けて嬉しい……」

「透……」

「哀《かな》しいけど嬉しい……」

好きって言っただけで、こんなに喜んでくれるなんて……。

屈託なく喜ぶ透の姿に、なおさら罪悪感が募ってしまう。抱きしめられながら、
湊は放心したように身体に力が入らなかった。

軽い気持ちでついた小さな嘘。そのせいで、透をこんなに傷つけてしまった。

ごめんね……透……。

湊は心の中で、何度も何度も、謝り続けた。


透と別れ、湊に日常が戻って来た。もう野口みなに変身することもない。真樹やサークルの仲間たちと過ごす、今まで通りの日々——。

すべて解決したはずなのに、湊の気持ちは晴れなかった。日常から大事なものがすっぽりと抜け落ちてしまったかのように、どこか腑抜《ふぬ》けている。

日本史研究同好会のサークル活動にも身が入らなかった。毎年恒例の会誌を制作する大事な時期に差し掛かっているというのに、東欧大学の歴史文化研究会との合同ミーティングに参加しながら、湊は完全に上の空だった。

「いよいよ、今年度の我が日本史研究同好会の会誌を作る時期がやって来た。今年度は親睦を深めてきた東欧大と合同で作成したいと思っている」

川西の声が、右から左に抜けていく。

「異論があるものはいますか？」

「異論なし！」「賛成！」と、サークル員たちが口々に声を上げるが、湊はぼーっとしたままだ。

ミーティングが終わると、サークル員たちはぞろぞろと教室を出て行った。湊は烏丸を追って廊下に出ると、声をかけた。

「烏丸くん……ちょっと話せるかな」


湊は烏丸を連れて、人目につかない中庭へと移動した。

「宇部さん、急にどうしたの？」

烏丸にそう聞かれ、透は「え……」と言葉に詰まった。

「何か、元気ないみたいだね」

元気がないのは透と別れたからだけど、事情を説明するわけにもいかず、湊は無言でうつむいた。

「もしかして……俺があんなこと言っちゃって、実はすごく困らせちゃった……とか？」

「違う、それは絶対に違うよ」

「良かった。そうだったらどうしようかと思ったよ」

烏丸は、ほっとしたように表情をゆるめた。

「でも、だったら何で元気ないの？」

続けて聞かれ、湊は再び黙り込んだ。

「前に言っただろ。相談ごとあったら聞くよって。何でも言ってよ」

顔を覗きこまれ、湊はおずおずと口を開いた。

「……私のせいでね、大切な人を傷つけちゃったの。その人、こんな私にたくさん愛情をくれたのに……」

思い出すのは、透と過ごした日々ばかりだ。

いつだって、透は全力で野口みなを愛してくれた。それなのに——。

「私、最低なことしちゃってて……その人にずっと嘘ついてた。本当、自分が嫌になるよ。最低すぎて……」

視界が涙で滲みそうになり、湊はまぶたに力を入れた。泣いたら、烏丸にもっと心配をかけてしまう。

「だからごめんなさい……。私……烏丸くんとは……」

言いかけた湊を、烏丸がぎこちなく抱き寄せた。突然のことに驚いて、湊がぎゅっと身体を固くする。

「待つよ……」

烏丸は、湊を安心させようとするかのように、優しく言った。

「宇部さんが大丈夫になるまで……俺、待つから」

湊は、身体を固くしたまま、頷くことも出来ずにじっとしていた。

どうなれば「大丈夫」になるのか、自分でもよく分からない。でも、今は、時間が必要なのかもしれないと思った。

## 4

野口みなが透と別れてから、三ヵ月近くが過ぎた。あの日以来、湊はみなに一度も変身していない。そんな機会はきっともう二度とないのだろう。

この三ヵ月で季節は夏から秋へと変化したが、湊は相変わらずだ。サークルも授業もほどほどに頑張りつつ、のんびりと毎日を過ごしている。変わったことといえば、新しく「彼氏」が出来たことくらいだ。

「今日もデート？」

授業を終えてカフェテリアで一休みしながら、真樹は正面に座る湊に向かって聞いた。

「デートっていうか、一緒にこもって制作」

湊が答えると、真樹は「何それ？」と首を傾げた。

「ちょっとね」

「まあ、でも仲良くやってんだね」

「まあね……」

湊は頬を赤くしながら頷いた。初めてできた恋人とは、良い関係を築けている、と思う。今日もこのあと、彼との待ち合わせがあった。

「じゃあ、また明日ね」

真樹に微笑ましげに見送られながら、湊は待ち合わせ場所へと向かった。少し早く着きすぎたのか、彼はまだ来ていない。しばらく待っていると、

「湊〜」

烏丸が、声をかけながら駆け寄って来た。

「烏丸くん」

笑顔で手を振ると、烏丸も手を振り返してくれた。湊は今、烏丸と付き合っているのだ。

「ごめんね、待たせちゃって。行こう」

烏丸は、自然な動作で湊の手を握ると、そのまま歩き出した。手を引かれなが

ら、湊は少し照れてしまう。烏丸と外で手を繋いで歩くようになったのは、つい最近のことだ。付き合ってしばらく経《た》つのに、実はまだキスもしていない。真樹には「遅すぎ」ってからかわれるけど、スローペースでのんびり付き合うのが湊の性には合っている。

二人はカフェに入り、同じテーブルに向かい合ってノートパソコンを広げた。

今日は一緒に、日本史研究同好会が発行する会誌の制作作業を進めるのだ。

「今日中に完成させないとね」

烏丸が、ぱちぱちとパソコンに原稿を打ち込みながら言う。今年の会誌は、例年に比べてかなりボリュームのある作りになっていた。東欧大学と合同で作っているのに加え、会長の川西がはりきりまくっているせいだ。やる気を出しているのは川西と日本史研究同好会のサークル員だけで、東欧大の学生たちは嫌々付き合っているのではないだろうか……と、湊はこっそり心配していた。

「ごめんね、東欧大まで巻き込んじゃって……」

湊が謝ると、烏丸は「ううん」と首を振った。

「むしろうちはみんな喜んでるから」

「それなら良かったけどさ。わざわざお披露目会と一緒にハロウィンパーティーまでやるってやりすぎだよね」

湊が鼻にしわを作って笑うと、烏丸も「確かに」と頷いた。

「そこであまり食べないようにしないとね」

「え？」

「終わったら、二人だけでディナー行くでしょ？　言ってたじゃん。その日、三ヵ月記念日だねって」

烏丸に言われ、湊は「あ……」とようやく思い出した。

「そうだったよね……。うん、行こう」

大事な約束だったのに、すっかり忘れていた。ここ数ヵ月、どうも気が抜けている。会誌に載せる原稿の制作が遅れているのもそのせいだ。

しっかりしなきゃ、と自分に気合を入れなおし、湊は再びキーボードを打ち始めた。

ふと顔を上げると、心配そうに自分を見つめる烏丸と目が合った。

烏丸とのデートを終えて自宅に戻ると、ちょうど玄関から桂が出てくるところだった。

「ん？　桂くん？」

「あ、あねさん」

「どうしたの？」

「透がどこにいるか知らない？」

桂の声は、切羽詰まっていた。眉間には深いしわが刻まれている。

「え？　知らないけど……何で？」

「最近、全然連絡が取れないんだよ」

「え⁉」

そういえば、最近、大学でも見かけない。

「今、おばさんたちからも連絡取ってもらったんだけど。やっぱ繋がらなくて」

「アパートは？」

「ダメ。いないみたい……」

桂は、家の中にいる両親のことを気にしてか、声をひそめた。

「例の彼女と別れたらしくてさ……あいつかなりハマってたから何か俺心配で……」

まさか、という思いが胸をよぎった。

野口みなと別れたのは、もう三ヵ月近く前だ。それなのに、透はまだ野口みなのことを引きずっているのだろうか。大学にも来られなくなるくらいに。

桂をその場に残し、湊は慌てて二階へと上がった。自分の部屋に飛び込み、机の引き出しを開ける。そこには、透からもらった携帯電話が入っていた。もう使うこともないだろうけれど捨てる気にもなれなくて、机の奥に封印しておいたのだ。

別れて以来、一度も電源を入れたことはない。

みなは、携帯を充電器に繋ぎ、おそるおそる電源を入れた。ぱっと表示された画面には、今でも電波がばっちり繋がっている。

「嘘……！　解約してないじゃん……。透、まだみなのこと……」

ふっきれてなかったんだ……！

湊は自宅を飛びだして、透のアパートへと全速力で向かった。

走りながら、目に涙が滲みそうになる。

湊だって、透のことを忘れたわけじゃない。この三ヵ月、ぼーっとして、何をやっても身が入らずにいた。それなのに、透はきっと大丈夫だろうと、なんの根拠もなく思い込んでいた。

透のアパートが見えてくる。荒い息を整える間もなく、湊はインターフォンを押した。

しかし、応答はない。

「……透？」

湊は、部屋の中に向かって声をかけた。

「透！　いないの!?　透!!」

その時、部屋の中で足音がした。すぐにドアが勢いよく開き、透が飛び出して来る。

「みな!?」

透はひどい顔をしていた。顔色が悪く、痩せ細って、髪もボサボサだ。目の下には、濃いクマがくっきりと浮いている。

「……透」

変わり果てた透の姿に、湊は呆然としてつぶやいた。

やっぱり……透の中では終わってないんだ……。

透は、みなが訪問してきたと勘違いしたらしい。湊だと気付くと、すっと真顔になって「……何？」と聞いた。

「あ、いや……」

湊は、さりげなく部屋の中を見やった。散らかった床の上に、エクアドルのガイドブックやスペイン語の教材などが転がっている。スペイン語はエクアドルの公用語だ。

まさか透、エクアドルに行く気なの!?

「用がないなら帰って……」

透が部屋のドアを閉めようとしたので、湊は慌てた。

「ちょ、ちょっと待ってよ。大学来てないんでしょ？　家に閉じこもって何してんの？」

「俺がどうなろうとあんたには関係ないだろ」

冷たく言い放つと、透はバタンとドアを閉めてしまう。

ドア越しに透の足音が遠ざかっていくのを聞きながら、湊は悔しさをこらえた。

野口みなにはあんなに優しかったのに、湊が相手だと、透はろくに話すことさえしてくれない。

そうだよね。私じゃダメなんだよね……。

「みな」じゃなきゃ……。

自分に出来ることがないと思い知り、湊は深く息を吐きだした。

何だか……胸が苦しいよ……。


重い足取りでとぼとぼと来た道を戻り、自宅の自分の部屋へと入ったところで、ちょうど烏丸から電話がかかってきた。電話に出ると、どうやら烏丸はまださっきのカフェにいるらしい。

『記念日のディナーなんだけどさ、イタリアンとかどうかな？　有名な三ツ星店がさ、たまたま、キャンセルが出たみたいで。今なら予約取れそうなんだよ』

烏丸の明るい声は、湊の耳を右から左へ流れて行った。こうしている間にも、やつれた透の顔が頭にこびりついて離れない。

『湊……？』

怪訝そうに声をかけられ、湊はようやく我に返った。

「あ、ごめん……。何？」

『ううん……』

「悪いんだけど、今日は何だかもう疲れちゃって……」

『そっか……。じゃあ、また明日話そう』

烏丸が気遣って言う。せっかく電話をくれたのに申し訳ないけれど、湊は烏丸の親切に甘えることにした。

「うん……。それじゃ」

烏丸との電話を終えると、湊は即座に野口みなの携帯電話の電源を入れた。

ＬＩＮＥを開くと、そこには透と付き合っていた頃に交わしたやり取りの履歴が残っている。さかのぼって読んでいくにつれ、透との思い出が次々とよみがえってきた。わざわざ引っ越してくれたり、合コンを途中抜けしてくれたり、いつだって透は野口みなのことを一番に考えてくれていた。自分が嘘をつかれていることも知らずに。

このままでは、きっと透は野口みなを探しに、本当にエクアドルに行ってしまう。透を止めるためには、湊が再びみなになって会いに行くしかないだろう。でも今、湊は烏丸と付き合っているのだ。それなのに、別人のふりをして透とも付き合うなんて、そんなことは許されない。

このまま烏丸と付き合い続けるか、それとももう一度野口みなとして透と付き合うのか——遅くまで悩んで考えたけれど、その日は結論を出せなかった。

数週間後。

大学の近くのパーティースペースで、ようやく完成した会誌のお披露目会が行われた。ハロウィンパーティーも兼ねているので、集まった学生たちは思い思いのコスプレをして楽しんでいるが、湊は私服姿だ。今はとても、みんなとはしゃぐような気分にはなれなかった。

乾杯の前に、川西が壇上でマイクを握った。

「みんなの協力のもと、今年度も無事に会誌を作ることができた。どれもみな、素晴らしい考察だった！　会長として……こんなにも誇らしいことは……」

川西は途中で感極まって涙をこぼし、「すまん、ティッシュくれ」と涙声を出した。その情けない姿に、サークル員たちから笑い声があがる。

ちーんと洟《はな》をかんだ川西は、目を赤くしたまま、改めて仕切り直した。

「では、我が同好会と東欧大の歴史文化研究会の更なる発展を祈念いたしまして、乾杯！」

「乾杯！」

サークル員たちがグラスを打ち鳴らす中、湊は烏丸を探して声をかけた。

「烏丸くん、ちょっといいかな？」

二人でこっそりとお披露目会を抜け出し、中庭へとやって来る。

「どうしたの？　そんな暗い顔しちゃって」

烏丸が冗談めかすが、湊は暗い表情で目を伏せた。

今日、湊は、烏丸と別れる覚悟を決めていた。

やつれてしまった透の姿を見てから、透にはまだ野口みなが必要なのだと分かった。みながいなければ、透はダメになってしまう。でも、みなとしてもう一度透に会うのなら、烏丸に対して、先にけじめをつけなければいけない。

「湊……？」

「ごめんなさい……」

湊は、声を震わせて謝った。

「ごめんって……何が？」

「私……他に気になる人がいるんです。本当にごめんなさい……」

罪悪感で烏丸の目が見られなかった。湊は地面に視線を落としたまま、顔をゆがめた。

「だから、これ以上烏丸くんとは一緒に……」

「あーあ……、とうとう言われちゃったよ」

烏丸がふっきれたように言い、湊は「え……？」と驚いて顔を上げた。

「何となく分かってたから。いつもどっかで心ここにあらずって感じだったし。きっとまだ、大切だって言ってた人のこと忘れてないんだろうなって思ってた」

無理やり明るくしたような口調で言うと、烏丸はちらりと湊の方を見て聞いた。

「その人とうまくいってるの……？」

「ううん。その人は、絶対に手の届かない……振り向いてもらえない人だから」

「そっか。一緒だね。望み薄そうなところまで、俺と一緒……」

烏丸が自嘲するように笑う。とても一緒に笑う気にはならず、湊は深く頭を下げた。

「……ごめんなさい」


週末、湊は真樹のマンションにいた。野口みなに変身するための、ギャル系メイクをしてもらいながら。

「またあんたにこのメイクをする日が来るとはねぇ」

「ごめんね、真樹ちゃん……」

湊が肩をすぼめて謝ると、真樹は小さく首を振った。

「私は別にいいんだけどさ。あんたは本当にこれでいいんだね？　みなになるってことは、また嘘を始めるってことだよ？」

「……わかってる。本当、私ってどうしようもないバカだなって思う。また同じことを繰り返すだけなのに……」

言いよどむと、湊は大きく息を吸った。

「それでも、今の透には『みな』が必要なんだって思う。それに、私にだって……」

言いかけて、湊は口をつぐんだ。私にだって透が必要――とまでは、まだ言いきれない。だけど、あんな状態の透を放っておくなんて出来ないのは確かだ。

「そっか……。じゃあ、どうしようもないバカに私も最後まで付き合ってやるか」

そう言うと、真樹はパレットの中でくるくるとブラシを回し、みなの頬にチークを載せてくれた。

「ありがとう……」

鏡の中の自分が、野口みなの姿に着々と近づいていく。

すっかり野口みなに変身して、湊は透のアパートの前までやって来た。

緊張した面持ちで、トントンとドアを軽くノックする。

「透？　帰ってきたよ。透、開けて。透」

いつものみなの口調で声をかけるが、透の返答はない。しばらく待っていると、ドアの向こうから、か細い声が聞こえてきた。

「みな……？」

「うん、みなだよ……」

次の瞬間、勢いよくドアが開いた。出てきた透は、みなの顔を見るなり瞳を震わせた。

「みな……」

「透……あ、えっとね」

湊は、ウィッグの髪を耳にかけ、ぎこちなく説明した。

「親戚のおばさんのところに預かってもらうことになって日本に戻れた――」

最後まで言う前に、透に抱きしめられた。

「みな……」

耳元でささやかれ、湊は身体をすくませた。透が腕にぎゅうっと力を入れるので、身動きが取れない。

「……く、苦しいよ……透」

「あ、ごめん……」

透はおずおずと身体を離すと、赤くなった目で湊を見下ろした。

「夢だったらどうしようかって思って……」

「夢じゃないよ。現実だから。てか……酷《ひど》い顔してる。ちゃんとご飯食べてる？」

「あんま食欲とかなくて……」

やっぱり、食べてなかったんだ……。

「ダメだよ、ちゃんと食べな……」

言いかけた湊の顔を、透が両手で包み込んだ。そのまま顔を寄せ、唇を近づける。

「わ！　ちょちょちょ、ここ外だし」

「じゃあ、部屋の中で……。今日泊まってくでしょ？」

泊まる!?

湊はぎょっとして、両手を振った。

「え、いやいや、とりあえず今日は顔出しに来ただけだから。もう帰らないと」

「そうなの？」

透がしゅんとして、残念そうに眉を下げる。

「うん……」

曖昧《あいまい》に頷いて、湊は一歩後ろに下がった。

再会後、数分で貞操の危機を感じるとか……余韻も何もあったもんじゃない……。

「もっと一緒にいたかった……」

口をとがらせる透に、湊は「大丈夫だよ」と微笑みかけた。

「これからはまたゆっくりデート出来るから。えっと……三日後とかどう？」

「わかった」

「じゃあ、また連絡するね。ちゃんとご飯食べるんだよ」

母親か先生のような口調で言うと、透は「うん」と素直に頷いた。

「じゃあ、連絡するね」

そう言い残し、アパートを後にする。

途中でちらりと振り返ると、透はドアの前に立ったまま、去っていく湊を見送っていた。目が合うと、にこっと微笑んでくれる。その目にはいつもの透の力が戻っていた。

みなはすごいな。私が透に何を言ってもダメだったのに、こんなに簡単に透を幸せにしてしまう。

私とは大違いだ……。

それから、野口みなと透は、彼氏彼女としての関係を続けた。

週末は必ずデートをした。イルミネーションを見に行ったり、渋谷で買い物をしたり――透はみなが欲しそうにしていたものを覚えていて、あとからプレゼントしてくれたりした。

痩せてしまった透を心配した湊は、頻繁に透のアパートに行って、料理を作ってあげた。キッチンに立っていると透はすぐ後ろから抱きしめてくる。ぶっちゃけ料理の邪魔なんだけど、でもちょっと、嬉しかった。

二人でいるときの透は、いつもすごく楽しそうだ。でも時々ふっと、物思いに沈んでいるような、不安そうな顔をすることがある。その表情の理由を、湊はまだ知らずにいた。


週末のある日。

湊はいつものように、野口みなとして透のアパートに遊びに来ていた。透がコンビニに飲み物を買いに行っている間、留守番をしながら携帯電話をいじる。二人で写った写真を見返していると、ふう、と自然にため息が出た。

デートを重ねるたびに増えていく『みな』との写真——これは、私じゃない私だ。いくら同じ顔をしていても野口みなと湊は別人で、透と付き合っているのは、湊ではなく野口みな。じゃあ、透は湊のことを一体どう思っているんだろう？

自問していると、透がコンビニのビニール袋をぶら提げて帰って来た。

「みな、何してんの？」

「あ、ううん……何も」

透が差し出したジュースの缶を受け取りながら、湊はおずおずと切り出した。

「……ねぇ。前にさ、透の友達が家に遊びに来てた時あったじゃん？　引っ越したばっかの時」

「うん」

「その時さ、私見て『知ってる人に似てる』って言ってたよね？」

湊が聞いた途端、透ははっきりと顔を雲らせた。

「……それが何？」

「あ、いや、透が私と会った時にも同じようなこと言ってたなと思って……。知り合いに似てるって……その知り合いってどんな人なの？」

透が、「野口みな」ではなくて「湊」のことをどう思っているのか、知りたい。そんな気持ちから出た質問だったが、透は硬い表情のまま、ぼそりと言った。

「……あんまり喋りたくない人」

その答えに、湊は衝撃を受けた。

喋りたくないって……話すのも嫌ってこと？　私のこと、そんなに嫌いだったの？

やりきれず、それ以上聞きたくなかったが、透は仏頂面のまま続けた。

「そんなに似てないし」

不機嫌な声……。

好かれてるとは思わなかったけど、そんな声で言われる程とも思っていなかった。

知ってたけど、わかってたけど、透の中に湊がいないのが悲しい……。

それでも、湊は本心を隠して透とデートを続けた。野口みなとして接している限りは、透は優しくしてくれる。姉として透と仲良くできないのなら、別人になるしかない。そうすることでしか、湊は透に近づくことができないのだ。

家族なのに、きょうだいなのに、透はなんて遠くにいるのだろうと悲しくなってくる。それでも、湊に取れる選択肢は他になかった。


とある週末。

渋谷を歩いていた烏丸は、遠くに、湊に似た人が立っているのに気が付いた。でも、メイクやファッションが違う。湊はあんなにギャルっぽい恰好はしない。

他人の空似だろうと思ったが、距離が近づくにつれ、烏丸は目を見張った。雰囲気はいつもと違うけど、そこに立っていたのは、どう見ても湊本人だったのだ。

「湊……？」

ウィッグまでかぶって……どうしたんだろう？

烏丸は思わず立ち止まった。盗み見ているようで悪いと思いつつも、気になって様子をうかがってしまう。

すると、人混みの向こうから透が歩いてきた。どうやら湊は弟と待ち合わせをしていたらしい。透は優しげな表情を浮かべ、湊に声をかけた。

「みな。ごめん、遅くなって」

「いいよいいよ。バイトだったんでしょ」

みな？　……どういうことだ？　あれはどう見ても、湊じゃないか。

それに、湊に対する透の口調も、以前家の前で会った時のそっけない態度とは全く違う。これは一体どういうことなのだろう。

訝しんで二人の様子を見つめていた烏丸は、次の瞬間、自分の目を疑った。

透が、「行こう」と湊の手を掴んだのだ。しっかりと手を握り合ったまま、二人は並んで歩いていく。

その光景は、恋人同士そのものだった。

どうなってるんだ。あれ、湊だよな。なんで、きょうだい同士で手を繋いで歩いてるんだ……？

烏丸は混乱しながらも、以前、湊から聞いた言葉を思い出した。

——私、最低なことしちゃってて……その人にずっと嘘ついてた……。

湊のついた「嘘」というのは、弟と手を繋いで歩いていたことと、何か関係があるのだろうか……？


翌日、湊はキャンパスで、烏丸から声をかけられた。

「湊？」

「ああ、烏丸くん……来てたんだ」

烏丸と顔を合わせるのは、数週間前のお披露目会で別れて以来だ。何だか気まずくて湊の方からは連絡を取れずにいたので、烏丸の方から話しかけてくれたのは、嬉しかった。

「うん。東欧大との交流が深まってきたから、この際インカレにして合同で活動しないかって話してて」

「そうなんだ……」

「もう帰り？」

「うん」

「じゃあ、一緒に帰ろうよ」

思いがけない提案に、湊は一瞬「え」と口ごもってしまった。しかし、むげに断るのも悪くて、「あ、うん……」と、頷く。

気まずく思っていたのは湊の方だけで、烏丸は別れても友達のままでいてくれようとしているのだろう。そう思い、並んで一緒に帰り始めたものの世間話は長続きせず、すぐに沈黙が降りてきてしまった。

やっぱり、何かこれって……気まずいよね？

烏丸はどうして湊を誘ったのだろう。なにか話でもあるのだろうか、と考えていると、烏丸が「……あのさ」と切り出した。

「え！」

緊張していた湊は、びくっと飛び跳ねてしまう。

「あっ、な、何？」

「久しぶりだね、二人きりで話すの」

「そ、そうだね……」

烏丸は、なにか言いたげな、もどかしそうな表情でちらちらと湊の方をうかがいながら、「あれからどうなの……？」と聞いた。

「え？」

「好きな人とはうまくいってる？」

「あ、えっと……どうだろう」

透とは、頻繁にデートしてるけど……でも、その相手は、私じゃないし。

「相変わらず……私じゃダメかな」

「そっか」

烏丸がぽつりと言い、湊も「うん……」と頷いた。

その時、前から母親が歩いてきた。隣には、透の姿もある。

げっ！　何でこんな時に⁉

烏丸と一緒にいるところを見られたくなかったが、逃げる間もなく「湊⁉」と、気づかれてしまった。

ゲンナリする湊の隣で、烏丸が「こんばんは」と礼儀正しく頭を下げる。

「やだ、珍しい……。湊が男の人と一緒だなんて……」

烏丸の顔を見るなり、母親はたちまち頰を緩ませた。

「いや、ただ送ってもらっただけだから」

湊が慌てて説明するが、「送って頂いたの⁉」とかえって喜ばせてしまう。母親は以前から、湊に彼氏がいないのを心配していたのだ。

「あら、すみません。あ、私、湊の母です」

母親はよそいきの声を出すと、烏丸ににっこりと笑いかけた。

「良かったらご飯でも一緒にどうですか？」

湊は思わず「は？」と片眉を上げた。

「今夜は透もうちで食べるっていうから、奮発してすき焼きにしようかと思ってね。高いのよ～、このお肉」

「急に誘われたって、烏丸くんが迷惑――」

湊は慌てて母親と烏丸の間に割って入ろうとしたが、先に烏丸が「それじゃ、お言葉に甘えて」と答えてしまった。

「え……」

嘘でしょ?! 烏丸くん、うちでご飯食べてくの!?

「どうぞどうぞ、こちらに」

母親が満面の笑みを浮かべて、烏丸を家の中へ招き入れる。透はいつの間にか、さっさと家の中に入ってしまっていた。

一人路上に残された湊は、頭を抱えるしかなかった。

ちょ、ちょっと……。何でこうなっちゃうわけ!?

なんだかよく分からないうちに、烏丸が高槻家の食卓に同席することになってしまった。両親と透も一緒に、みんなで鍋を囲んでいる。

烏丸と湊が小学校の時に塾が一緒だったと知って、母親は「えー！　あの烏丸くん!?」と目を丸くした。

「知ってるのか？」

「ほら、小学校の時に塾が一緒だった烏丸くんよ」

「ああ、あの彼か」

もう十年以上前のことなのに、父親も烏丸のことを覚えていたらしい。

「ええ、覚えてて頂けて光栄です」

穏やかに言う烏丸の隣で、湊はずっとハラハラしていた。

烏丸くん、我が家の団欒《だんらん》にいきなり馴染《なじ》みすぎ……。透もいるし、なんか落ち着かないなぁ。お母さん、余計な事言わなきゃいいけど。

「覚えてるに決まってるじゃない。だって、湊、烏丸くんのこと気に入ってた――」

「！　お母さん！　お肉もうないみたいだよ……」

心配していた矢先、母親が早速余計なことを烏丸に吹き込もうとしたので、湊は慌てて話題を逸らした。

「あら、ごめんごめん」

母親がお肉を取りに席を立ち、湊はほっと胸を撫でおろした。別れた恋人が家族と同じ食卓にいるというのは、やっぱり気まずい。

烏丸くんのことが気になってたのなんて、ずーっと昔の子供のころの話なのに……お母さんってば、古い話を蒸し返さないでよ……。

「弟さんは彼女と最近どうなんですか？」

突然、烏丸が切り出した。

「え？」

透が箸を持つ手を止める。

「この前、渋谷で見たんですよ。『彼女』といるところ。ビックリしたな……」

嘘!?　見られてたの!?

湊はぎょっとして、隣に座る烏丸の顔を見た。それって、野口みなの恰好をしてる私を見たってことだよね……。

透は静かに箸を置くと、立ち上がった。

と、烏丸に声をかけ、着いてこいと言わんばかりにリビングを出て行く。烏丸は、話が見えずきょとんとしている父親に「ごめんなさい」と断りを入れると、透に続いて出て行ってしまった。

残された湊は、冷や汗が止まらない。

ヤバいよ……さすがに烏丸くんなら、野口みなが私だって気付いたよね。てか、なんであの二人、部屋を出て行ったの？　透のやつ、烏丸くんに何言う気？

「あれ？　透と烏丸くんは？」

お肉を取って戻って来た母親が、部屋の中をきょろきょろする。

「いや、何か二人で出て行ったぞ」

「え、そうなの？」

能天気に話す両親をよそに、湊は焦りまくっていた。

どうしよう……どうしよう……マジでヤバいって……。

やっぱり様子を見に行こうか、と腰を浮かせかけた時――。

ダン！

廊下から、大きな物音が聞こえてきた。

リビングを出た透と烏丸は、薄暗い廊下で向かい合った。

「余計なこと言うな」

透が低い声で言うと、烏丸は挑発するように「どうして？」と首を傾げた。

「別に彼女の話しただけだけど？」

透は烏丸の胸ぐらを摑み、壁に強く押し付けた。烏丸の背中がダン！　と壁を撃つ。湊がリビングで聞いたのは、その音だった。

「ちょっと？　何してるの!?　離してよ！」

リビングから飛び出してきた湊が割って入る前に、透は自ら手を離した。そして、苛立《いらだ》ったように顔を背けると、そのまま無言で階段を上がって行ってしまう。

いったい、透と烏丸の間に何があったのだろう。透は、普段からローテンションで感情を表に出すことの少ないタイプだ。その透があんなに感情的になったのだから、きっと野口みな絡みのことだろう。やはり烏丸は野口みなの正体に気付いていて、透に何かを言ったのだろうか――。

湊は烏丸の方に向き直った。服が乱れているが、幸い怪我《けが》はなさそうだ。

「烏丸くん、大丈夫？」

「ごめん……」

烏丸は襟元を直しながら、力なく笑った。

「俺、弟くんとは合わないみたい。帰るね」

「ちょっと待って。説明させて……」

もう限界だ。烏丸には、全てを打ち明けるしかない……。

湊は烏丸と、夜の公園へ移動した。

もう、気まずいとか言ってる場合じゃない。ベンチに並んで腰を下ろすと、湊は早口に切り出した。

「えっと、話すと長くなるので省略して説明するけど、いろいろとあって別人のフリして弟と付き合ってるんです！」

烏丸は、小さく口を開けたままぽかんとしてしまった。

「……ちょっと省略しすぎでますます訳わかんないんだけど」

「で、ですよね……。えっと、実はね……」

湊は最初から説明しなおした。

真樹のバイトの手伝いでギャル系メイクをしているときに、偶然透と出くわしてしまったこと。いい年して制服を着ていると思われたくなくて、別人のフリをしたこと。それから、女好きの透をこらしめてやろうと思って、透と付き合い始めたこと。だけど、透があまりにも野口みなを気に入ってしまい、ズルズル付き合ううちに後に引けなくなってしまったこと。

「一度は別れたんだけど、シャレにならないくらい凹《へこ》んじゃって……それでどうにも放っておけなくて……結局、今また付き合ってるっていう……」

「気になる人って言ってたのは弟くんのことだったんだ」

「はい……」

湊は小さくなって頷いた。改めて振り返ってみると、自分のバカさ加減が恥ずかしい。烏丸もきっと呆れているに違いないと思うと、顔から火が出そうだった。

「ずっとさ……『気になる人』って言い方は引っかかってたんだよね。ずいぶん曖昧だな〜って」

ひとりごとのように言うと、烏丸はひと気のない夜の公園を見ながら続けた。

「結局さ、湊は弟くんのことが好きなの？」

「え……どうなのかな……」

「義理とはいえ、弟くんと一緒に暮らしてきたんだよね？」

「うん……。初めて会ったのは小学校低学年だったんだけど、親が再婚して一緒に住み始めたのは中学生になる前くらいで……」

「なんか……ちょっと理解できないかも」

烏丸は、身じろぎしながら言った。

「俺が妹いるから余計にそう感じるっていうか……。もし妹が自分のことそう思ってるって考えると……」

そこで一度言葉を切り、小さく息を吐いて続ける。

「気持ち悪いなって」

「……そっか。そうだよね……」

いつも優しい烏丸に言われたからこそ、その言葉は深く湊の胸に刺さった。烏丸の言う通りだ。姉と弟で付き合ってるなんて、やっぱり普通じゃない。

「ごめんね、複雑な話しちゃって……」

「ううん」

烏丸は小さく首を振った。

「あ、このことは……」

「大丈夫、誰にも言わないよ。ただ、ちょっと応援はできないかも」

そう言うと、烏丸はベンチから立ち上がり、ちらりと湊の方を振り返った。

「ごめんね、湊」

去って行く烏丸を、湊はベンチに深くもたれたまま脱力して見送った。烏丸の背中が小さくなり、見えなくなってから、ようやく立ち上がる。

重たい足を引きずるようにして、とぼとぼと家までの道を歩いた。家の前まで来ると、透の部屋に明かりがついているのが見えた。夜の暗闇の中でぼんやり輝くその光を見ていたら、烏丸に言われた言葉が頭によみがえって、じわりと目に涙が滲んだ。

いつも一人っ子の真樹にしか相談してなかったから、きょうだいがいる人の感覚がわからなかった。

でも、やっぱり私のこの想いは……気持ち悪いんだ……。

その夜。烏丸と出て行った湊が家に帰って来たのを確認してから、透は実家を出て自分のアパートへと戻った。

暗い部屋の中に入り、電気のスイッチを押す。狭い部屋の中いっぱいに光が満ち、棚の上に飾った野口みなの写真が目に入った。

「…………」

透は、無言でみなの写真を見つめると、携帯電話を手に取った。野口みなに、電話をかけるためだ。

数日後、湊は「野口みな」として、透のアパートにいた。

いつものように、向かい合って座る。しかし、せっかくのデートなのに、会話はちっとも盛り上がらなかった。透はどこかぎこちなく、湊となかなか目を合わせようとしない。あの日、烏丸と揉めていたことと、なにか関係があるのだろうか？

「……どうしたの？　透？　今日、何か変だけど……」

湊が聞くと、透は握った手にぎゅっと力をこめ、ゆっくりと顔を上げた。

「……俺たち、別れよう」

「えっ」

突然のことに驚いて、湊はまじまじと透の顔を見つめ返した。

「何で？　何で急にそんなこと？」

「急じゃない。本当はずっと考えてた。みなが笑ってる顔を見れば見るほど……胸が苦しくなってた……」

透は声を震わせ、自分を責めるように、唇を噛んだ。

「俺、ずっと自分の気持ち隠して、みなのこと利用してた……」

「利用って……？」

「前にみなに聞かれたろ。自分に似ているって人のこと。その人のことが……ずっと好きなんだ」

　湊は小さく息をのんだきり、何も言えなかった。自分の心臓の鼓動がドキドキと高まっていくのがわかる。

　透が好きなのは、野口みなではなく、野口みなに似ている別の誰かだったのだ。

でも、「湊」のわけがないし……いったい、透は誰を好きなのだろう？

「だから……似ている『みな』にこんなにも惹《ひ》かれたんだと思う……。でも、結局俺が好きなのはその人なんだ……」

「ちょ、ちょっと待って。似ている人って誰なの……？」

「死んだ……。ずっと昔に……」

　死んだ――

　驚きのあまり、湊は言葉を失った。のどを塞がれたように、声が出てこない。

　透は目を伏せたまま、ぽつりぽつりと続ける。

「その人の身代わりとして、都合よくみなのこと扱ってた。本当にごめん……」

それから、透と何を話したのかは、よく覚えていない。ただ、とにかく別れることに決めて、アパートを出てきた。

透のことは小さなころから知っているのに、過去に好きな人を失くしていたなんて全く知らなかった。予想外の事実を突然告げられて、頭の中が真っ白だ。

真樹の家へと戻って来て、メイクを落とし、制服を脱いでウィッグを取る。少し落ち着いてから、透の事情について真樹に説明した。

「そっか……。弟くんにそんな人がいたんだね……」

湊の話を聞いた真樹は、神妙にそう言った。

「うん……。透が女癖悪くなったの本当突然だったし、言われてみれば納得っていうか……。そんな悲しい過去があったなんて……」

「で？　素直に別れてきたんだ？」

湊は、小さく頷いた。

「うん……。この先もずっと、嘘つき続けたまま一緒にいるなんて出来なかったわけだし……これで良かったんだよ」

「『みな』はそれでいいと思うけど。湊の方はそれでいいの？」

思いがけないことを言われ、湊は「え？」と顔を上げた。

「あんた、好きなんでしょ？」

「いやいや、あり得ないって」

即座に否定するが、「何で？」と真樹は不思議そうだ。

「だって、私たちきょうだいだよ？」

「義理のでしょ。血繋がってないんだから、結婚できないわけでもないし」

「いやでも、そんなの世間的に見たらやっぱ変だよ……」

「変って？」

湊は言葉に詰まった。改めて聞かれると答えづらい。真樹の言う通り、血は繋がっていないのだから、確かに結婚できないわけじゃない。

でも——……。

頭をよぎるのは、烏丸に言われたこと。きょうだいで付き合ってるなんて、気持ち悪い——それが普通の感覚だ。

「とにかく、これでもう本当に終わったから……」

「ふ〜ん、あんたがそれでいいならいいんだけど」

真樹はそれ以上深くは突っ込まず、この話題はここで終わった。でも、真樹に聞かれた疑問は、そのあとも湊の心に残り続けた。

透のこと、最初は大っ嫌いだったのに、いつの間にかほっとけない存在に変わってきている。

私の透への気持ちは、何なんだろう？

# 5

透が一人暮らしを始めたのは、野口みなのためだった。

それほどまでにみなを好きなように見えたのに、透が本当に好きなのは、みなにそっくりな別の人だったのだ。その人はもう亡くなっているのに、今でも……。

透の気持ちを思うと、湊は胸が張り裂けそうだった。自分のついた嘘のせいで、透の一途な気持ちを弄んでしまった気がする。

みなと別れた今、もう一人暮らしをする必要はない。透は借りていたアパートを引き払い、実家に帰って来ることになった。

引っ越しの日、荷物を家の中に運び入れながら、透はどこか上の空だった。透は透で、みなと別れたことで傷ついているのだろう。

「おい？ 透！ そっちもっとちゃんと持ってくれよ」

またも手伝いに駆り出された桂がボヤくと、透はぼんやりとした表情のまま「悪《わ》りぃ」と謝った。

家の前に出てきた湊は、透におずおずと声をかけた。

「おかえり……」

透は湊をチラッと見るなり「邪魔」と言い放った。

「あ、ごめん……」

湊は慌てて、一歩後ろへ避けた。透は荷物を抱えたまま、まるで湊のことなど見えていないかのように歩いていく。一瞬見えた透の横顔は、みなに見せる顔とは違い、無表情だ。

何度も考えた。透へのこの気持ちが、恋なのかどうか。でもそのたびに「気持ち悪いなって」という烏丸の言葉が頭をよぎる。

姉と弟で付き合ってるなんて、気持ち悪いことなのだ。もしも誰かにバレたら、自分はともかく透までみんなから白い目で見られてしまうだろう。それだけは絶対に避けたい。もうこれ以上、透に傷ついてほしくない。

透のことをどう思っているのかは、自分でもよく分からない。でもとにかく、湊は透への気持ちに蓋をすることに決めた。野口みなは別人だ。二度と透と会うことはない。この嘘は、嘘のままで終わらせる。

それでいいんだよね。透が傷つかないためには……。

湊は何度も自分にそう言い聞かせた。

透が実家に帰って来てから数日。ほとんど毎日顔を合わせているが、相変わらず透は湊に対して塩対応だ。湊も、必要以上の会話はしない。今まで通り、仲の悪いきょうだい同士としての関係性が続いた。

そんなある日の夜、烏丸から湊のもとへ電話がかかってきた。

「はい、もしもし？」

何の用かと不思議に思いつつ応対すると、話したいことがあるから会いたいと言われ、家の近くで会うことになった。

待ち合わせ場所の公園に現れるなり、烏丸はいきおいよく頭を下げた。

「この間はごめん！」

ごめんって……え、何が？

訳が分からず、湊はきょとんとしてしまう。

「俺、ひどいこと言ったよね？　気持ち悪いとか応援できないとか……湊の事情も深く考えずに妹がいるからって、突き放したような言い方して……」

「大丈夫だよ。そんなに気にしてないよ」

本当はすごく気になっていたけど、湊は軽く笑ってごまかした。悪いのは、烏丸を嫌な気持ちにさせた自分の方だ。烏丸をがっかりさせてしまったことも辛く、心底申し訳ない気持ちだった。

「それにもう、終わったことだから……」

「終わったって……？」

「別れたの」

烏丸が驚いたように目を見開く。湊は苦笑して続けた。

「彼女の正体が私だって知ったら、弟も気持ち悪いと思うよ。その前に……別れられて良かったたって思う」

「そっか……じゃあさ、気分転換にお城でも見に行かない？」

「え？」

「もちろん、友達として」

湊は流されるままに「……うん」と頷いた。もしかしたら烏丸は、元気のない自分を心配して誘ってくれたのかもしれない。だとしたら、断るのは失礼だ。

烏丸が、眼鏡の奥の目をにっこりと細める。

「じゃあ、明日十時に品川駅集合ね。一日付き合ってよ」

「わかった……」

そう返事をしたものの、烏丸は一応、元カレだ。そんな相手とほいほい出かけていいものだろうか。湊はあまり気が進まなかったが、それでも約束通り、翌日の朝に品川駅へと向かった。

コンコース前で烏丸を待ちながら、湊は野口みなと透が初めてデートした時のことを思い出した。湊は約束をすっぽかすつもりだったのに、透は待ち合わせ時間よりずいぶん早く来たみたいで、ずっとみなが来るのを待っていたっけ……。

烏丸が、遠くから歩いてくる。

「おはよう、湊」

「おはよう……」

「ごめん、もしかして先に着いてた？」

「ううん。ついさっきだよ」

本当は結構待ったけど、湊は気を遣って嘘をついた。透がみなについたのと、同じ嘘だ。

「なら良かった。ね、湊が今一番見たいお城って何？」

「え」

「どこでもいいから言ってみてよ」

湊は手を顎に当てて、少し考えた。

「どこでもいいなら犬山城かな……。国宝だし、一度実物を見てみたいんだよね」

「そっか……。愛知県か……。よし、じゃあ今日はそこに行こう！」

烏丸がさらりと言うが、東京から愛知までは新幹線で一時間以上かかる。湊は慌てて反対した。

「え。いやいや、さすがに遠すぎるって。もっと近場で、烏丸くんが行きたいところでいいから」

「いいからいいから。今日は一日楽しもうよ」

烏丸に流され、湊は気が付いたら新幹線の券売機に並んでいた。

え、この流れ、本当に愛知に行く感じ？

突然すぎて戸惑ってしまうが、よく考えてみれば確かに、新幹線を使えば日帰りも可能な距離だ。何より湊自身が、犬山城を見てみたい。

最近落ち込んでたし……気晴らしに遠出してみるのも、アリかも？


湊と烏丸が新幹線のチケットを買っていたその頃、透はようやく起きて、一階のキッチンへと降りてきたところだった。まだ半分寝たような表情のまま、冷蔵庫から麦茶を取り出してこぽこぽとグラスに注いでいると、母親が顔を出した。

「あら、今起きたの？」

「うん」

「せっかく天気いいんだし、透も外出たら？」

「別に行くとこないし」

短く答えて麦茶を飲み干すと、母親は呆れたように笑った。

「どこだっていいじゃない。湊なんて朝からお城巡り行ってくるって出て行ったわよ」

「そうなんだ……」

「ほら、前に家に来た好青年いたでしょ、烏丸くん。彼と二人で遊ぶんだって」

烏丸の名前が出たとたん、透は表情を変えた。目を見開いたかと思うと、急に不安げな表情になって、落ち着かずに時計を見やる。烏丸と湊が一緒にいるのが心配でたまらないかのようだ。

部屋に戻っても、透は浮かない表情のまま、床に座り込んでいた。

「透ー？　ご飯よー」

いつの間にかお昼時になっていたらしく、階下から母親に呼ばれてようやく立ち上がる。そして、苛立たしげに頭を掻きむしりながら、階段を下りて行った。

「わぁ、すご〜い！」

犬山城からの景色を見下ろして、湊は歓声を上げた。天守閣からは青く澄んだ木《き》曾《そ》川《がわ》が見下ろせる。

「さすが国宝犬山城。やっぱ、写真で観《み》るのと実物は違うね」

吹き込む風に気持ちよさそうに目を細めながら、烏丸が言う。

「うん！　断然いい！」

憧れの城からの絶景を前に、湊は大興奮していた。

いきなり愛知に行くことになった時はびびっちゃったけど、やっぱり来て良かったなー。最近ずっと落ち込んでたけど、なんだか元気が出てきた気がする！

「あれ、下の広場にゆるキャラがいるらしいよ。行ってみよう」

そう言うと、烏丸は湊の手を引いた。まるで付き合っていた頃のような自然な動作だ。

湊はうろたえたが、城内の急な階段に差し掛かると烏丸はすぐに繋いだ手を離した。そして、そこから広場に着くまでの間に再び手を握られることはなかった。

……あれ？　さっき手を握られたのは、たまたまかな？　てか、私がトロいから、心配して手を引いてくれたのかも。

湊はそう思いなおし、ゆるキャラの「わん丸君」と並んで写真を撮ってもらった。「わん丸君」は、ちょんまげを結って殿様の恰好をした犬のキャラクターで、必殺技は肉球ハイタッチだ。

「ありがとう！　わん丸君」

わん丸君に手を振る湊に、烏丸は「良かったね」と声をかけた。

「うん。付き合ってくれてありがとう！」

「寒いよね。そろそろどっか入ってお茶しようか」

烏丸が、肌寒そうに腕をさする。湊も「うん」と頷き、二人は通りの向こうにある小洒落《こじゃれ》たカフェへと入って行った。そういえば電車を降りてからずっと歩きっぱなしだ。犬山城に興奮して、休憩を取るのをすっかり忘れていた。

「いやぁ、本当今日は楽しかったね」

あたたかいカフェオレで一息つくと、湊は一日を振り返って言った。

念願の犬山城にも来られて、すっごく楽しい一日を過ごすことが出来た。烏丸が誘ってくれたおかげだ。

「嬉しいよ、喜んでくれて」

「そろそろ、いい時間になってきたね。帰ろうか」

湊が時計を見ながら言うと、烏丸は首を振った。

「今日は泊まりがけのつもりなんだけど。ホテルももう取ったし」

え!?

湊の手の中で、マグカップがガシャンと音を立てた。

「泊まり!? え、何で?」

「一日楽しもうよって言ったでしょ」

「待って、親にも泊まりだって言ってないし……」

「じゃあ、連絡しないとね。心配させちゃいけないし」

「え、いや、泊まりの用意だってして来てないし」

うろたえまくる湊を後目に烏丸はカバンを肩にかけると、平然とした表情で立ち上がった。

「大丈夫だよ。今はコンビニで何でもそろうから。行こうか」

「ええっ」

何でもそろうって……そういう問題じゃないんですけど……!

「遅いわねぇ……湊」

　夕方になっても湊が帰ってこないので、家では母親が心配していた。食卓にはすでに夕食が並び、父親と透は先に食べ始めている。

　透は無言だが、実は母親以上に、そわそわと落ち着かなかった。湊の帰宅が遅いことが気にかかって仕方ない。

「珍しいな。連絡もないなんて」

　父親が外の様子を気にしながら言うと、母親はいよいよ眉をひそめた。

「まさか、あの子本当に怪しいバイトしてるんじゃや……」

「怪しいバイトって？」

　透が聞きとがめて顔を向ける。

「そんなわけないだろ。何バカなこと言ってんだ」

　父親があきれたように言うが、母親の表情は真剣なままだ。

「いや、でもずっと気になってはいたの。湊がね、携帯二つ持ってたのよ」

それを聞いた透は、箸を持つ手を止めて「え……？」と瞬きした。

湊は流されるまま、母親に『今日は泊まる』とＬＩＮＥを送り、烏丸とホテルにチェックインした。烏丸が予約していたのは、駅前にある綺麗なビジネスホテルだ。部屋に入ると、ツインベッドが一組あるだけだった。

「座ってのんびりしててよ。今から夜ご飯のお店探すからさ」

部屋の中から烏丸が声をかけるが、湊はドアの前に立ったまま動けなかった。

ホテルに一緒に泊まるって……そういうことだよね？　付き合ってるわけでもないのに……。

「どうかした？」

「こんなの……こういうのよくないんじゃないかな？」

湊が言うと、烏丸は急に真顔になった。

「烏丸くんは……こんなんで本当にいいの？」

「……嫌なら帰っていいよ。まだ新幹線間に合うだろうし」

「帰る」

くるりと踵を返した湊に、烏丸が続けて言った。

「でも、帰るなら弟くんに『お姉さんが別人のフリして君と付き合っていた』って言うかもね」

湊は驚いて振り返った。

烏丸くんが、こんなこと言うなんて……。

信じられなかったが、目の前の烏丸は淡々とした口調でさらに畳みかけてくる。

「そんなに弟くんにバレたくないの？　全部正直に話したら許してくれるかもって少しも思わない？」

「私は……別にバレたって構わない。自分がついた嘘のせいだし、透に何を言われたってしょうがないと思ってる……」

そこで一度言葉を切ると、湊は苦しげに表情をゆがめた。

「でも、言えない……」

「どうして？」

「義理とはいえ、姉と付き合ってたなんて他の誰かが知ったら……透は私に騙されてただけなのに、『気持ち悪い』って思われるんじゃないかって思うと……」

気持ち悪い――湊にそう言ったのは、ほかならぬ烏丸だ。

「なるほどね……。全ては弟くんのためだってことか。じゃあさ、その弟くんのためにどこまで頑張れるか見せてよ」

そう言うと、烏丸はバスルームのドアを開けた。

「シャワーお先にどうぞ？」

湊はためらい、視線を落とした。

今すぐこの場から逃げ出してしまいたい気持ちに駆られる。でも、そんなことをしたら、烏丸は湊と透のことをみんなにバラしてしまうかもしれない。それは絶対に避けたかった。

これ以上、透を傷つけたくない――。

湊は、決意して上着を脱いだ。

透を傷つけずに済むのなら、何だってする覚悟だ。

「…………」

烏丸は、押し黙って湊の様子を見つめている。湊は烏丸の前を通って、バスルームのドアに手をかけた。

「……じゃあ、お先に……」

「もういいよ」

烏丸は悟ったように言うと、じっと湊を見つめた。

「弟くんと終わったとか言ってさ、全然終わってないじゃん。これでわかったんじゃないの？　自分の本当の気持ち」

「え？」

「今も大好きなんでしょ。弟くんのためにこんなことまでして……」

湊は驚いて、烏丸を見つめ返した。

烏丸は本気でホテルに泊まるよう要求していたわけではなかった。ただ、湊の本心を確かめようとしていただけだったのだ。

「……もしかして、烏丸くん、わざとこんなこと？」

「そんなカッコいいもんじゃないよ。俺だって、確認したかったんだ。友達とか言っといて、別れることに全然納得できなかったから、本当は笑えるくらい未練タラタラでさ……」

烏丸は、ふっと肩の力を抜くと、まぶしそうに湊を見た。

「付き合ってる期間が短かったから、きっと湊のいいところしか見てなかったからかなって思って、ちょっとでも別れて正解だったって思えるような合わない部分を確認したかった」

だから、烏丸は今日の旅行に誘ったのだろうか。

湊の嫌なところを探して、あきらめるために。

「でも、結局確認できなかった……やっぱり、湊とは趣味も合うし何でも話せる。すごく好きだ……」

少し震えた声で言うと、烏丸は小さく息を吸った。

「どうでもいい俺のわがままに付き合わせてごめん」

湊は涙をこらえ、首を横に振った。

付き合わせたのは湊の方だ。烏丸にこうまでしてもらわなければ、湊は自分の気持ちに気付くことが出来なかった。

「もう本当に今日で終わりだから。さよなら……湊」

静かに言うと、烏丸はコートを羽織った。

「お金ならもう払ってあるからゆっくり泊まってて。俺は適当にその辺で泊まるからさ」

「烏丸くん……」

「弟くんに話してみなよ。きっと、わかってくれるよ……」

ふっきれたように微笑むと、烏丸はドアを開けて出て行ってしまった。


ホテルを出た烏丸は、すっかり暗くなった空を見上げた。

「あーあ。カッコ悪りぃな俺……」

涙がこぼれそうになり、まぶたに力を入れる。別れを告げたものの、湊のことを完全にあきらめられるようになるまでには、時間がかかりそうだった。

一方、ホテルの部屋に残された湊も、涙をこらえていた。一人ベッドに座り込み、膝の上で手のひらを握り締める。その拳の上に、こらえきれなかった涙が落ちた。

自分のことが不甲斐《ふがい》なくて仕方がなかった。

最低だ……。本当に最低だ私……。

あんないい人に……こんなことまでさせるなんて……。


その頃、自宅にいた母親は、ようやく湊からのＬＩＮＥに気が付いた。

「あら。湊、愛知にいるって」

「愛知？」

「今日は泊まってくるって」

両親の会話を聞きながら、透は一人リビングを出た。階段を上がりながら、ふと母親が言っていたことを思い出す。

――湊がね、携帯二つ持ってたのよ。

どうして湊は携帯電話を二つも持っていたのだろう。あののほほんとした湊が、母親の言うような妙なバイトをしていたとは思えない。

階段を上がりきり、自分の部屋の前まで来て、透はドアノブに手をかけた。ドアからさがったプレートには、ヤドカリのイラストが描かれている。

「…………」

そういえば、野口みなとヤドカリのことを話したことがあった。

──あ〜、そっか。今思い出した。そういえば、家族みんなでエイとかサメとか見て興奮してるのに一人だけヤドカリ見て……。

あの時のみなの口ぶりは、まるで実際にその場に居合わせていたかのようだった。でも、みなが透の子供時代を知っているはずがない。

透はドアノブを引き、部屋の中に入った。床に腰を下ろし、ぼんやりと天井を見上げる。

もしかして、野口みなは、湊なのだろうか。

そんな突拍子もない考えが頭をよぎる。まさか。そんなはずない。でも、みなが湊だとしたら、透の子供時代を知っていたことにも説明がつく。

──戻れるか分からないし、遠距離とか……私が無理で。お願い、透。別れて……。ごめん。もうどうしようもないの……。

みながそう言って別れを切り出したのは、本当に突然のことだった。もしかしたら、みなの正体は湊なのかもしれない。

透は、携帯電話を手に取った。削除できずにいた野口みなの電話番号を表示する。電話してみようか。でも、もしも湊がみなだったとしたら、どうしたらいいんだろう。透はみなに、湊の悪口のようなことを言ってしまったことがある。

みなに似ているという知り合いの話題になった時、

——知り合いに似てるって……その知り合いってどんな人なの？

そう聞かれて、透は「……あんまり喋りたくない人」と答えてしまったのだ。もしもみなが湊だったのなら、湊はきっと、自分は透に嫌われていると思ったに違いない。

いや、やはり考えすぎだろうか。みなが湊と同一人物だなんて、そんなことあるわけが……。

ない、とも言いきれず、透は「通話」ボタンをタップして野口みなに電話をかけた。数秒して、耳に当てた携帯電話から呼び出し音が聞こえてくる。

と同時に、湊の部屋から着信音が聞こえてきた。

野口みなに電話をかけたはずなのに、湊の部屋で電話が鳴っている——……。

透は信じられない気持ちで電話を切った。すると、湊の部屋でも電話が鳴りやんだ。

「…………」

間違いない。野口みなは、湊だ。

透は確信し、立ち上がって部屋を出た。

# 6

朝の新幹線で、湊は一人、東京へと戻って来た。

最寄駅《もよりえき》から自宅へと歩いて帰りながら、胸の中の決意を改めて確かめる。昨日、ホテルの部屋で、何度も何度も考えた。これから、どうするべきなのか。透とのことを、どうしたらいいのか。

――私のどうしようもない嘘のせいでいろんな人を振り回してしまった。

透を守るためなんて言いながら、結局は一番自分が傷つかない道を選んでいただけ。たくさんの人を傷つけて自分のついた嘘の清算もしないで終わりだなんて、そんなのいいわけない。

嘘を嘘で終わらせちゃダメなんだ……。

全て話そう。透にちゃんと謝ろう。

そう心に決め、きゅっと足もとをにらみながら歩いていく。

と、下を見ていたせいで、前から歩いてきた誰かにぶつかってしまった。湊はいきおいあまって、その場にしりもちをついてしまう。

「イッタァ……」

そういえば、前にも渋谷でぶつかったことがあった。湊が初めてギャルの恰好をした日のことで、その相手は透だったっけ。

腰をさすりながら、顔を上げる。

すると、透が、戸惑った表情でこちらを見下ろしていた。

「え!?」

驚いてよく見ると、透は手にみなの携帯電話を持っている。湊は一気に青ざめた。

透がこれを持っているということは、みなの正体がバレてしまったということだ。

気まずい雰囲気のまま、湊は透と高台の公園へと移動した。

湊は背筋を伸ばして透と向き合うと、

「あ、あの……ごめんなさい！」

と、一生懸命に謝った。

「ちゃんと説明するね。どうしてこんな嘘をついていたのかって……」

透は相変わらずの無表情だ。感情の読めない瞳を、じっと湊に向けている。

湊は順を追って説明し始めた。

「そもそも、最初はほんの軽いイタズラ心っていうか、それから変な正義感出しちゃって、透の女癖の悪さを直そうとか思って……。でも……真《ま》っ直《す》ぐに『みな』を好きでいる透の気持ちを前にしてたら、どんどん『嘘』だって言えなくなっていって……。それでずっと……透に……」

「ごめん……」

湊は驚いて、顔を上げた。

「え？　何でそっちが謝るの？　ずっと……騙してたんだよ？　怒らないの？」

「……俺もずっと嘘ついてたことあるから」

「え？」

「あの交差点で……ぶつかった時、本当に驚いた」

初めて渋谷で出会った日。ギャルの恰好をした湊が、透とぶつかってしまったあの時だ。

「あまりにも……『湊』に似ていたから……」

「え……？　死んだって人じゃなくて？」

「死んだ……。俺の中でそう思おうってずっとしてた。ガキの頃から大好きな人だったから……」

透が湊と初めて会ったのは、動物園だった。透の父親と湊の母親が、まだ結婚する前のことだ。

――透、この子が湊ちゃんだよ。

そう言って父親が紹介したのは、自分より少し背丈の大きい女の子だった。とろんとした黒い瞳が優しげな、おっとりした感じの子だ。

何と声をかけたらいいのか分からず戸惑う透の手を、女の子はぎゅっと握った。

――ねぇ、ペンギン見に行こう！　迷子になったら困るから手繋ぐよ。

満面の笑みで言うと、透の手を引いたまま走り出す。走りながら、透の心臓はドキドキと高鳴った。ペンギンコーナーの前に着いて、手を離されても、握られていた指先はじんと熱くなったままだった。

「初めて会ったあの日から、俺は好きになってた」

その数年後、父親から、話があると呼び出された。かねてから交際していた湊の母親と、再婚するという。

——さいこん？

言葉の意味が分からずきょとんとする透に、父親は上機嫌で言った。

——そう、透の仲良しの湊ちゃんともずっと一緒にいられるぞ。透にお姉ちゃんができるんだ。湊ちゃんと家族になるんだよ。

それを聞いて、透は飛び上がらんばかりに喜んだ。大好きな湊と家族になれたら、いつでも一緒にいられる。

——だったら、早く〝さいこん〟してよ！

「最初は単純に『湊』といれるのが嬉しいと思った。きょうだいが結婚できないって知ったのは、それからしばらく経ってからで……」

湊のことを、何度もあきらめようとした。でも、できなかった。湊を好きだと思う気持ちを、どうしても消すことができない。かといって、湊を好きでいることは許されない——。

「俺たちはもう家族だ。この気持ちを突き通せば、大切なものが壊れてしまう。だから、俺の中で湊を消したんだ……好きな人と一緒にいれないなら、もうどうだっていい。何もかも嫌になって、勝手に自暴自棄になってた」

高校時代、透は女子生徒から告白されるがままに彼女を作っていた。

——私と……付き合ってください！

そう告白され、「うん」と頷くだけで、彼女の数はどんどん増えていく。たくさんの女子生徒を泣かせたが、なんとも思わなかった。

「そのせいで湊に迷惑かけてるのも知ってた。だけどこれ以上、どうしようもなかった……こんなにきょうだいであることが苦しいなんて、思いもしなかった」

「透……」

「その頃には、きょうだいだって血の繋がりがなければ結婚できるって知ってたけど……でも、もう遅かった。俺の身勝手な行動で、湊に完全に嫌われてたから……」

透が湊と同じ大学に行くことを決めたとき、湊は本気で嫌がっていた。

――ったく、なんであんたと同じ大学なのよ！　あんたとは別の大学に行きたかったのに……。はい、これにサインして！

そう言って差し出された念書には、大学でのルールが書かれていた。大学で半径十メートル以内に近づかないこと。大学で会話しないこと。きょうだいだということを口外しないこと。こんなに嫌われていたのか、と透は改めてショックを受けたが、それでも湊と同じ大学に行くことをあきらめられなかった。

「どうしようもなく嫌われているけど。せめて……少しでも近くにいたかった。だから俺は――」

「そうだったんだ……。じゃあ、ずっと好きだった人って」

湊が少しドキドキしながら聞くと、透はまっすぐに湊を見つめた。

「湊……」

はっきりと言われ、湊の頬が赤く染まった。

透の目には野口みなしか映っていないと、あきらめていたのに。透は最初から、ずっと、湊だけを想《おも》ってくれていたのだ。

「ごめん……私、透のことずっとただのギャル好きだと思ってた」

「え？」

「だって、ギャルが来るって言ったら合コンだってすぐ来たでしょ？」

透は照れくさそうに目を逸らした。

「あれは……お前も参加するっていうから。悪い虫が付かないように見張ってようと思って……」

真樹の集めたギャル系美人たちに取り囲まれながらも、透は実は、離れた席に座った湊のことをじっと観察していたのだ。

「みなと付き合って幸せだったけど、湊が男連れて歩いてるの見て、かなり嫉妬してたし」

あの日。透が帰宅すると、家の前に湊と烏丸がいた。湊が男性と一緒にいるのを見て、透は驚いて足を止めた。

「あのさ……、もしよかったら……今度二人で飲みに行かない？」

聞こえてくる会話から、烏丸が湊をデートに誘おうとしていることがすぐに分かった。湊は「え……？」と驚いているようだったが、表情からは、烏丸を憎からず思っていることがうかがえた。

「あ、いや、歴史の話とか、もっとしたいなと思って……」

「あ、うん。私も……」

「良かった……。じゃあ、近々また」

会話が終わったのを見計らって、二人に近づく。「あれ、今帰り？」と声をかけると、湊はびくっとして肩をすくめた。

「そ、そっちこそ今帰り？」

「うん。バイト」

透は平静を装っていたが、玄関に入って一人になった途端、身体から力がどっと抜けてしまった。

あの男、いったい誰なんだ。湊とどういう関係なんだろう。さっきの会話……あいつと二人で飲みに行くのか？　そんなの、まるでデートじゃないか。

座り込み、頭を抱えていると、玄関の扉が開いた。湊が家の中に入って来たのだ。透はあわてて立ち上がった。

「わ！　びっくりした。何してんの？　早く入ってよ」

湊は驚いたように、目をぱちくりさせている。透はいてもたってもいられず、

「……今の彼氏？」

と、ダイレクトに聞いてしまった。

「え、な、何で……？」

「男に興味ないと思ってたから。ただの城オタクだって」

「はぁ？　何それ。ていうか、全然そんなんじゃないし、あんたには関係ないでしょ」

一方的に言って、湊はリビングに入って行ってしまう。烏丸についてもっと聞きたかったが、透はそれ以上湊に声をかけることが出来なかった。

それから数ヵ月後、今度は烏丸が家に来て一緒に夕食を食べることになった。誘ったのは母親だが、透としては苦々しいことこの上ない。

仏頂面で黙々と食べていると、

「弟さんは彼女と最近どうなんですか?」

と、いきなり聞かれた。

「この前、渋谷で見たんですよ。『彼女』といるところ。ビックリしたな……」

透は焦った。

烏丸は、透の彼女のみなが湊にそっくりだとすぐに気付いたはずだ。もしも、透が本当に好きなのが湊だと悟られたら、そしてそのことを湊にバラされたら……そう思うと矢も楯《たて》もたまらず、透は立ち上がって烏丸に「ちょっといい?」と声をかけた。

廊下に移動して「余計なこと言うな」と詰め寄ると、烏丸は悪びれた様子もなく小さく肩をすくめた。

「どうして? 別に彼女の話しただけだけど?」

「絶対に湊には言うな。彼女のこと。わかったな」

念押しして立ち去ろうとした透に、烏丸が言った。

「湊にバレるのが怖いのか? 姉にそっくりな彼女なんか作って……」

その言葉にカッとなり、透は勢いよく振り返って烏丸の胸ぐらを摑んだ。こいつは俺の気持ちに気付いてて、湊の前でわざとみなの話題を出したんじゃないのか──そう思うと、気持ちが抑えられなかった。

物音を聞きつけた湊が飛び出してきたのは、それからほんの数秒後のことだ。

「ちょっと、何してるの!?」

頭が冷えてから改めて振り返ってみると、透が自分の気持ちを決めることが出来たのは、烏丸のおかげかもしれない。彼のおかげで、自分が本当に好きなのはみなじゃなくて、湊なのだと改めて実感することが出来た。

「あいつに言われて思ったんだ……俺、湊にそっくりなみなのこと利用しているだけだって。だから、みなと別れた……」

透は目線を上げ、すまなそうに湊を見た。

「こんなに近くにいたのに……気付いてあげられなくて本当にごめん……」

「バカだね、私たちって……」

湊がしみじみと言うと、透は少しまなざしを柔らかくした。

「俺……湊と行きたいとこある」

透に連れてこられたのは、動物園のペンギンコーナーだった。

「ここ……」

「覚えてるでしょ」

透に言われ、湊は淡く微笑みかけた。

「忘れるわけないよ。私たちが初めて会った場所」

透は小さく頷くと、すっと湊の前に手を差し出した。

「迷子になったら困るから、手繋ごう」

そのセリフ……。

初めて会った時、湊が透に言った言葉だ。透は決意に満ちた目で湊を見つめた。

「あの時とはもう違う。今度は俺が湊を引っ張る番だ」

「でも……私たちは……」

言いかけた湊の唇に、透の唇が触れる。湊は驚いて身体を固くしながらも、なんとか目を閉じた。透がゆっくりと唇を離す。

「これで嘘は終わり。これからは堂々と一緒にいよう」

湊は、すぐには返事が出来なかった。

透と堂々と一緒にいたい。もちろん湊だってそう望んでいる。でも、自分だけならまだしも、透まで人から白い目で見られるのは嫌だ。

そんな湊の気持ちを見透かしたように、透は優しく言った。

「俺は誰に何言われたって大丈夫だよ。散々言われ慣れてきてるから。遊び人だって」

「……だったら私も大丈夫。散々言われてきたから。遊び人の姉だって」

二人は自然に目を合わせ、笑いあった。

「行こう」

透が湊の手を握り、歩調を合わせて歩き出す。

水槽の中では、ペンギンが気持ちよさそうに泳いでいた。初めて会ったあの日と同じように。透の湊への気持ちも、あのころから、少しも変わっていない。

もう、嘘をついたり、逃げたり隠れたりするのは終わりだ。前を向いて、堂々と歩いていきたい。二人で。

そう心に決めた湊と透は、両親にもきちんと報告をすることにした。

リビングに両親を呼び出して、透は率直に切り出した。

「実は俺たち付き合ってるんだ。ゆくゆくは結婚したいと思ってる」

隣で湊が「……ごめんなさい」と付け加える。すると母親が不思議そうに湊の方へ身を乗り出した。

「何で謝るの？　めでたいじゃない」

「ああ。私たちは二人が幸せならそれでいいんだぞ」

父親もそう言って、湊と透のことを認めてくれた。

恋人同士として二人で過ごすのは、楽しくて仕方がなかった。箱根の温泉旅館に泊まって湊の好きな小田原城《おだわらじょう》を見に行ったり、バレンタインには湊からチョコレートを贈ったり、透の誕生日を桂と三人でお祝いしたり。

短い学生生活はあっという間に終わりに近づいた。湊も透も無事に就職先が決まり、晴れて春から社会人だ。いいタイミングなので、二人で実家を出て一緒に暮らし始めることにした。

透との仲に進展があると、湊はすぐ真樹に報告をする。このこともすぐに真樹に報告したのだが、さすがの真樹も予想外だったようで、

「同棲《どうせい》!?」

と、驚かれてしまった。

「うん。大学卒業したら透と二人で同棲することにした」

「はやっ。まあでも良かったね、湊」

「うん、ありがとう」

真樹に笑いかけられると、いつも気持ちが楽になる。湊にとって、一番の親友だ。

同棲を始めるための新居への引っ越しには、またもや桂が駆り出された。

「もー、俺、引越し屋じゃないんだからな！」

口ではぶつぶつ言いながらも、桂は快く手伝ってくれた。

二人暮らしの生活は、最高に楽しかった。朝の出勤前のほんの少しと、夜の就寝前のほんの少し。以前と比べると、ずいぶんと一緒に過ごす時間が少なくなったけど、慌ただしい中で少しでも時間を見つけて透といるだけで、湊は充分に満ち足りた気持ちになれた。

ずっとずっと、二人で一緒にいたい。その思いは、透も同じだった。

そして――。

よく晴れた、ある週末。

緑に囲まれた小さな教会は、多くの人であふれている。

湊は、晴れやかな気持ちで、教会の扉の前に立った。憧れだった純白のウェディングドレスと、レースのベール。ブーケは真樹の手作りだ。

隣には、タキシード姿の透がいる。たった今、教会でたくさんのゲストに見守られながら、一生の愛を誓い合ったところだ。

教会の扉がゆっくり開くと、薄暗かった視界に光が射《さ》し、辺り一面に花びらが散った。ゲストからのフラワーシャワーだ。湊は透と寄り添い、長く伸びたカーペットの道を一歩ずつ進んだ。

両脇には大好きな人たちの姿がある。両親と、真樹、烏丸、それに桂。日本史研究同好会と、東欧大の歴史文化研究会のメンバーたち。烏丸が笑顔で手を叩いてくれているのを見て、湊は胸が熱くなった。

たくさん遠回りしたけれど、これからは透とずっと一緒にいられるんだ――そう思うと、嬉しくてたまらない。

あの日、些細な気持ちから口にした、小さな小さな嘘。

その先に、こんな幸せが待っているなんて、思いもしなかった。

本書は、映画「ライアー×ライアー」（原作・金田一蓮十郎　脚本・徳永友一）を原案として、著者が書き下ろした小説です。

|著者|有沢ゆう希　早稲田大学文学部卒業。2018年、『カタコイ』で第1回青い鳥文庫小説賞金賞を受賞。著書に『恋と嘘 映画ノベライズ』「小説 ちはやふる」シリーズ、『小説 パーフェクトワールド 君といる奇跡』などがある。

|原作|金田一蓮十郎　大阪府出身。高校在学中の1996年、『ジャングルはいつもハレのちグゥ』で第3回エニックス21世紀マンガ大賞準大賞を受賞し、デビュー。その他『ニコイチ』『ラララ』『ゆうべはお楽しみでしたね』(以上スクウェア・エニックス刊)、『NとS』(講談社刊)など、幅広いジャンルの作品を手がけている。

小説《しょうせつ》　ライアー×ライアー

有沢《ありさわ》ゆう希《き》|原作　金田一蓮十郎《きんだいちれんじゅうろう》|脚本　徳永友一《とくながゆういち》

講談社文庫

定価はカバーに
表示してあります



2021年1月15日第1刷発行

発行者――渡瀬昌彦
発行所――株式会社　講談社
東京都文京区音羽2-12-21　〒112-8001
電話　出版　(03) 5395-3510
　　　販売　(03) 5395-5817
　　　業務　(03) 5395-3615

Printed in Japan

デザイン―菊地信義
本文データ制作―講談社デジタル製作
印刷――株式会社廣済堂
製本――株式会社国宝社



ISBN978-4-06-522229-4

# 講談社文庫刊行の辞

二十一世紀の到来を目睫に望みながら、われわれはいま、人類史上かつて例を見ない巨大な転換期をむかえようとしている。

世界も、日本も、激動の予兆に対する期待とおののきを内に蔵して、未知の時代に歩み入ろうとしている。このときにあたり、創業の人野間清治の「ナショナル・エデュケイター」への志を現代に甦らせようと意図して、われわれはここに古今の文芸作品はいうまでもなく、ひろく人文・社会・自然の諸科学から東西の名著を網羅する、新しい綜合文庫の発刊を決意した。

激動の転換期はまた断絶の時代である。われわれは戦後二十五年間の出版文化のありかたへの深い反省をこめて、この断絶の時代にあえて人間的な持続を求めようとする。いたずらに浮薄な商業主義のあだ花を追い求めることなく、長期にわたって良書に生命をあたえようとつとめるところにしか、今後の出版文化の真の繁栄はあり得ないと信じるからである。

同時にわれわれはこの綜合文庫の刊行を通じて、人文・社会・自然の諸科学が、結局人間の学にほかならないことを立証しようと願っている。かつて知識とは、「汝自身を知る」ことにつきていた。現代社会の瑣末な情報の氾濫のなかから、力強い知識の源泉を掘り起し、技術文明のただなかに、生きた人間の姿を復活させること。それこそわれわれの切なる希求である。

われわれは権威に盲従せず、俗流に媚びることなく、渾然一体となって日本の「草の根」をかたちづくる若く新しい世代の人々に、心をこめてこの新しい綜合文庫をおくり届けたい。それは知識の泉であるとともに感受性のふるさとであり、もっとも有機的に組織され、社会に開かれた万人のための大学をめざしている。大方の支援と協力を衷心より切望してやまない。

一九七一年七月

野間省一